Slimane Kader

Avec vue sous la mer

海 下 囚 途
豪 华 邮 轮
底 舱 打 工 记

〔法〕斯里曼·卡德尔 著
陈梦 译

上海文艺出版社

带上我……

——夏尔·阿兹纳沃尔[1]

---

1 Charles Aznavour(1924—2018),亚美尼亚裔法国歌手、唱作人、演员。

序

　　这段旅程的主人公，也就是这位给我们讲故事的人，他叫瓦姆[1]。他来自93省[2]，操一口"新村"[3]法语；后来在邮轮上待久了，几句蹩脚的美式英语倒也慢慢地说得越来越顺嘴。

　　全书二十多章，章章皆以加勒比海上令人心驰神往的邮轮停靠港为题；他在奢华邮轮底舱当勤杂工的事迹，则在这二十多章里慢慢铺陈开来。这些美国富豪用来过几天逍遥日子的邮轮，高得让人想起法国城郊的廉租房。但它们既不是拉库尔讷沃的"3000新村"[4]，更不是马赛的"光辉城"[5]。聚集于此的是六千名身材臃肿、体重超标、阖家出行的胖子：孩

---

[1] 瓦姆（Wam）是法语中Moi（我）音节颠倒而构成的切口。类似切口常见于年轻人语言或者郊区口语。
[2] 指巴黎大区的塞纳－圣但尼省，下文拉库尔讷沃是该省的一个市镇。
[3] 指位于城郊的廉租公寓住宅。本为低收入工人所建，后随移民涌入法国，社会经济状况变化，渐有演变为贫民窟的趋势。
[4] 3000新村其实位于沃尔内苏布瓦，始建于1967年，共可提供3132套廉价公寓。
[5] 由建筑大师勒·柯布西耶设计，1952年完工，共提供337套公寓，是一件融居住、购物、餐饮、文教于一体的前卫建筑作品。2016年与勒·柯布西耶的另外16件作品一起被列入联合国世界遗产名录。

子们恃宠骄横，无一不神憎鬼厌；太太们不是仰赖着整容手术修修补补，装点门面，就是亏得这再婚的蜜月旅行才又年轻了几分。而肥佬们不仅财大气粗，更是手握在互联网上褒贬毁誉的大权。

在他们脚底，在邮轮深处，还藏着两千名职员；用"职员"这种词，才能不囿于"苦役犯"或"海上劳工"这种陈词滥调。从登船那天起，他们终日不见天日，即便邮轮进港，也不得下船。每四个人挤一间逼仄的舱室，屈从于美式严苛工作纪律的管制。他们不是特拉文《死人船》[1]里那些因在陆地上无处可去而流浪到海上的劳苦人。天南海北，他们背井离乡，聚集于此，或为了觅衣求食，或只是为了逃离或者忘却生活里的种种变故。他们在这各式各样的炼狱的王国里，各有所司，各尽其责：机修工、保洁员、洗衣工、主副厨、服务员、泳池清洁工、管道工、夜总会舞男、表演主持人、酒店领班。来历五花八门，国籍种族形形色色，能力各有千秋，缺点千差万别，他们本会打得不可开交。然而，船上纪律严明，主管威严可畏，再加上平日里大家负任蒙劳，汲汲忙忙，故而谁也不敢惹是生非；当然，之所以安分守己，也是秉持着同舟共济的互助精神，毕竟所有人都"上了同一

---

[1]《死人船》是化名作家特拉文（B.Traven）的小说。它最初于1926年以德文出版，描述一名身无分文又无证件、被各国拒之门外的美国海员与一群与他境遇相似的人在一艘船主用于骗保的老旧破船上的遭遇。

条船"……

刚才说了，瓦姆来自93省。他在逃避什么，我们无从得知。不管怎样，他要挣钱，因此对工作不挑不拣。他干着邮轮上最差劲的活：哪里突然缺人了，他就要立马顶上。

他什么都干过：清理泳池，烤数以万计的饼干，疏通管道，消灭邮轮深处的蟑螂，去驯犬女郎的节目里跑龙套，扮成北极熊给孩子们分发冰淇淋，在儿童乐园当"孩子王"。虽然一举一动都逃不过监管，但吊诡的是，这种"职无常所"的状态反倒让他游离在船上的阶层体系之外。其他职员无一不是被困在自己的岗位和国籍里：中国人在厨房如鱼得水，酒吧和夜总会是阿根廷人的地盘，墨西哥裔美国人负责打扫，毛里求斯人的服务无可挑剔，底舱则是巴基斯坦人的天下。船上人满为患，潮热不堪，锈味四溢，霉味盈鼻，噪声鼎沸，人人每天累死累活，疲惫不堪，还腹背受敌；而瓦姆，得益于能来往于不同群体之间，才不至于萎靡不振，进而最终摆脱勤杂工的身份，成为主管，回到甲板上，回到阳光下。

不过，这段结局圆满的概述并不触及原作的精神内核，就像歌剧的情节简介也不能传达其表演本身丰富性之万一。

斯里曼·卡德尔这部纪实文学的力量并不在于此。

首先，卡德尔以一种令人动容又饶有趣味的方式，把今天邮轮旅游业乃至大众旅游业的"底层"（字面意义上）风景展现在我们面前。"上层"世界，和谐有序，波澜不惊，目光所及尽是岁月静好，安逸欢娱，盘子纤尘不染，连服务都讲求个性化。而下层世界，说它是地狱也不算过分，人人从早干到晚，挥汗如雨，恶语相向，喘不过气；大家只盼着合同到期，好拿回护照，收钱走人。旅游业，全球第一大产业，便由这两副面目组成：看似不谙世事的精致少女，嫣然含笑，身着华彩，花枝招展，实际却是靠卖淫谋生的乌克兰女郎，卑微求存。邮轮停靠荒岛，泊岸处海域清澈，沙滩洁净，也只是因为这块地是用铁丝网从小岛里特意圈出来的，每晚都有人清理。至于那些热带鱼，大抵也能算是旅游局的员工了。

乔治·西默农[1]在去非洲或美洲的船上写的那些报道也描述过这样的下层世界；当然还有特拉文、爱德华·佩松[2]，再往前追溯的话，还有约瑟夫·康拉德[3]。不同之处在于，卡德尔是在当今高技术、法制化、规范化，合同细到就连狗的生活都管的世界里捕捉到了这种现象。他的描写哀婉动人，更多的时候还带着一种黑色幽默乃至宿命的意味：这就是

---

[1] Georges Simenon(1903—1989)，比利时法语侦探小说家。
[2] Édouard Peisson(1896—1963)，专门写海洋小说的法国作家。
[3] Joseph Conrad(1857—1924)，波兰裔英国作家，曾在英国商船上担任水手、船长，海上生涯近二十年。

生活，而在这种生活里，正如英语里头说的，"狗有走运日，人有得意时"，哪天兴旺发达了也不一定。

其次，作者的语言鞭辟入里，活泼俏皮，富含风趣贴切的隐喻。海上平淡无味、压抑可笑、荒唐虚伪的生活在他的笔下得到完美复刻。字里行间显露出来的，不仅仅是令人始料不及、难以置信的知识面，还有作者敏锐入微的洞察力，寥寥几笔，人情世故、社会百态、陈规陋习以及各群体的文化怪癖便跃然纸上。而瓦姆，就像是某个让·瓦尔让（作者称其"让让"），对他步步紧逼的沙威则是白俄罗斯版的大力水手波比——这位彪形大汉深夜喝起伏特加也会黯然神伤。

最后，文中暗含的人生哲学不失浪漫，这又何尝不吸引人：从脏乱不堪的活做起，瓦姆无福即是福，霉运恰恰成了好运。邮轮上，阶层分明，分帮结派，没有容身之处反而让他逃脱了这样的群体壁垒，也才能把握天赐的良机。小说结尾处，他将遇到那位在下一次邮轮之旅中充当勤杂工的穷小子——他知道，有一天，这家伙也会像他之前取代旧主管一样把他踢下去，自己取而代之。生活，也就是这样，风水轮流转。

因此，"瓦姆"或许不仅仅只是一个名字，而代表着主人公对自我的追寻，"我是谁？"（Who I am？）

而斯里曼·卡德尔也不仅仅是一位出身于郊区、在巨型邮轮底舱卑微谋生的小伙子，而是一位当之无愧的作家。他值得我们积极地去阅读,去发掘其中的真知灼见,去享受阅读带来的欢愉。

伊夫·米舒[1]

---

[1] 伊夫·米舒(Yves Michaud)是法国哲学家,著有《伊维萨岛,我的爱:娱乐产业化调查》(*Ibiza mon amour. Enquête sur l'industrialisation du plaisir*, Nil, 2012)一书。

目 录

序   1

引子   1

劳德代尔堡   7

拿骚   13

卡特岛   19

马亚瓜纳岛   25

大特克岛   31

拉巴第   37

普拉塔港   43

圣胡安   51

托尔托拉岛   61

安圭拉岛   65

菲利普斯堡   73

居斯塔维亚   81

巴斯特尔   89

巴布达岛	95
圣约翰	103
普利茅斯	113
圣路易	123
罗索	131
卡斯特里	139
布里奇顿	145
金斯敦	153
圣乔治	157
西班牙港	161
威廉斯塔德	167
奥拉涅斯塔德	171
蒙特哥贝	177
乔治敦	181
哈瓦那	185
基韦斯特	191
法语版编者后记	197

引子

嘿，哥们儿，我就开门见山，长话短说了。

77省[1]的"金字塔"，不知道你是否有所耳闻？那是一家酒店，故事就是从那开始的。走进酒店大厅，你会看到柜台和两株盆栽间挺立着一块告示牌，上面写着："奇妙巡游，相遇无穷"。

烟味呛人，四溢到走廊。循着烟味往里走到底，一间房里人满为患，空气里都带着电。命运就在门后，等你自投罗网。房间大而宽敞，光线蒙眬，地上铺着厚实的地毯，空气中弥漫着一股合成的茉莉香，一晃神你可能会以为自己进了色情酒吧。

你绝非孤身一人。已经有几十个来应聘的人在候场了，个个穿着讲究：男的一律西装革履，女的则是整齐划一的套裙。没几个人像我上身是偷来的白色连帽衫，下身普通牛仔裤。本来我想着求职的时候，最好就是低调一点，别想着出风头……中性，寡淡。当一块马苏里拉淡奶酪。真不走运，就算在穿休闲装的人里头我也是最抢眼的那一个……遇上我该当他们倒霉。

大家都在一张长桌子前排队，桌子后面坐了一排看着文绉绉的家伙，个个梳着油头，挂着笑：就是他们负责招人。一个小时

1　巴黎大区的塞纳－马恩省。

之后，终于到我了。一个满嘴胡茬的男人刚起身，我就坐下了，椅子都还是热乎的。

这一排人里只有一个女的，偏偏是她来对我问七问八。

"先生，您好！您叫什么呢？"

"瓦姆。"

这女的在键盘上敲了几下。

"很好……我这有您用电子邮件发来的简历……"

她皱着眉头看完了我的简历，看样子挺惊讶，又有些戒惧；接着，她把电脑屏幕盖下来，脸上拉起笑，来了句"英格丽许"："您不介意的话，我们要不然就用英语面试吧！"

"嗯……'耶'。"

我特意点了点头来强调自己听懂了，那头点得就像是被凯文汽车后窗台板上那个摇头晃脑的腊肠犬摆件附体了。她用英语扔给我一堆问题！我一直点头作"耶"。她来我往，拉扯了一会……很快，她就意识到其实对英语一窍不通，这什么莎士比亚（Shakespeare）还是小甜甜布兰妮·斯皮尔斯（Britney Spears）的语言，管它呢，反正就是某个名字里带"斯皮尔斯"（Spears）的人。

她又开始说法语了……完了，我是不是没戏了……

"好了，先生，我就不拐弯抹角了。您的简历还是挺有吸引力的……发传单、上门推销奶油蛋糕、在鞋服大卖场前叫卖玩具跳跳狗……"她瞄了我一眼，"要是您英语还过得去的话，我们可以考虑让您当个餐厅服务员……但不好意思，您的英语水平……您用英语连一句话都说不出来。我们邮轮上80%的游客都是美国人，临时给您培训的话，难度也比较高，况且您也没有在餐厅工作过！"

"我十几岁的时候，在萨尔瓦多·阿连德中学的多元文化节上和查特老师一起摆摊卖过可丽饼……后来，我也在连锁牛排店打过工。"我连忙给自己辩解。

她抿紧嘴巴不说话，眼睛紧盯着天花板上埃及风格的顶线，连眼神都在用力思考怎么回复我。

"要不然您做服务员助手吧，这活跟服务员也没差……就是没小费拿。"

"这什么意思？"

"就是说您不会给客人上菜，只负责传菜给服务员。"

"还能这样？"

"当然了，而且一举三得，工作之余，您英语学了，海上巡游也去了。您拿手的只会一天比一天多……之后很快就能晋升了！"

"那每个月能拿多少分？"

"不好意思，您再说一遍？"

"钱，多少钱？"

"这得看您是哪个国家来的。"

"一半法国人，一半卡比尔人。"

她又打开了电脑，涂满指甲油的手指在键盘上敲了起来。

"阿尔及利亚啊……每个月六百八十美元，但我们可是包食宿的。"

说着，她脸上挂起了笑。我一头雾水……现在回想起来，她想必是按人头拿回扣的——学美国人搞这一套，所谓一张头皮一份赏！

她画了一张大饼来骗我上钩，花言巧语，吹得天花乱坠，结果，我就一口咬上去了。

*

一个星期之后，我就在飞机上了。口袋里揣着往返机票。工作签证登记过了，劳动合同也签了。买机票的钱是找我妈借的。对她而言，只要我能干点正事，不在新村里整日游手好闲，让她做什么她都愿意。

"服务员助手？就跟服务员一样吗？"她在出发前问我。

"是啊……有点特殊的服务员。就凭我这条件，他们给我的可是最吃香的活。毕竟，一般人在豪华邮轮上干不来这个。"

"而且，你还是用英语面试的！我都不知道你还会讲英语。"

"我自己都不知道。"

她的眼睛都亮了。

在她的认知里，我这活都能跟电信工程师媲美了，她一把抱住了我。

"你现在这么有出息了，我可以吹大半辈子！"

她这么想确实也没毛病。毕竟，我家的人不是没出过省就是顶多回了趟阿尔及利亚。跟他们比起来，说我是哥伦布都不过分！宛如出征的战士，超级征服者！

舷窗后面，云层密布。我开始想象……白衬衫、白短裤、足球袜、鹿皮鞋（那些当皮条客的葡萄牙人就喜欢穿这个）、船长帽、背景音乐是喧闹的《吉娃娃》……还有标志性的加勒比海。总之超级棒。

空客飞越大西洋。我激动到在位子上都坐不住了，摇来晃去，想想 14 岁那年自己躲在地窖里悄悄用小玩意儿破处，也不过就是这么兴奋。

云层下，迈阿密遥遥在望……这地名倒有几分意思，毕竟你要是认真多看几眼，就会发现 Miami 这个词里还藏了 ami（朋友）这个法语词。

真格的，这难道不让人心头热乎吗？

*

手上拿着在飞机上填好的表格去移民区排队入关，离一头扎进罪恶的迈阿密就差这一步了。那表格上列了一些阴阳怪气的问题来刺探你是不是纳粹或者有没有艾滋。

我全都打了叉。我身强体壮，脸长得也不纳粹。我印象里，相比贾梅·德布兹[1]，纳粹难道长得不是更像帕特里克·朱维特[2]吗？你能想象贾梅·德布兹穿上纳粹制服，来一句"先生，请出示证件！"吗？你敢信？我也不行。

但要换成帕特里克·朱维特那种……也对，他也不行。

算了算了。

我出了机场，耳机里放着美剧《迈阿密风云》的片尾曲。在这不听这个更待何时！

1　Jamel Debbouze，**摩洛哥裔法国谐星，影视演员。**
2　Patrick Juvet（1950—2021），**瑞士流行乐歌手。**

劳德代尔堡[1]

"请问这是 79 号码头吗？"

保安从他的小玻璃缸里出来，从上到下打量我一番。这家伙是个黑人，肌肉发达，可谓是现实版的绿巨人，只不过颜色不及，肚子更甚，他居然还戴着一副苍蝇镜！不过，虽然打扮成警察模样，他看上去仍旧乡气十足，完全没点纽约警察的风采。

"79 号码头？"

"嗯嗯。"

"你确定？"

就这句"确定"其实就应该让我有所警觉；这时候，我就应该悬崖勒马，赶紧从劳德代尔堡逃走，坐大巴回到迈阿密，然后赶第一班特价飞机逃回法国。"一张迈阿密到维勒塔纳斯[2]的票！没有？好吧，那就飞戴高乐机场！"可惜，破解话中的言外之意，向来是我的短处。我就跟宰牲节上守在浴缸前待宰的羔羊一般乖巧温顺，昂昂自若，等着他的回答。

"那码头离这四英里。巴士车站就在马路对面，挨着 711 便

---

[1] Fort Lauderdale，一座位于美国佛罗里达州布劳沃德县的城市。因为有着绵密的运河系统，有着"美国威尼斯"的昵称。
[2] 维勒塔纳斯是法国巴黎大区塞纳－圣但尼省的一个市镇。

利店。"他的大手指了指马路对面的车站。那一长串英语，我根本听不懂，不过，听到"巴士"这个词就够了。

"谢了！"

"好运，兄弟！"

车站就在711旁边。所谓711，其实就是法国常见的杂货店，只不过这儿负责结账的不是阿拉伯人，而是一个墨西哥裔的美国人。

店里的商品一应俱全，酒、香烟、避孕套、色情杂志……但你要是想吃新鲜果蔬，就来错地方了。

巴士站已经有十几个人在候车了。

你知道美国电影《十二金刚》吗？眼前就有十二位，只不过不是"金刚"，只是一群没饭吃的穷酸鬼。这群人里，有菲律宾人、满脸胡子拉碴的南美人、没胡子的南美人和戒指满手的巴基斯坦人。

大家都盯着我看。

"大伙儿！"我主动打了句招呼。啪的，个个低头盯住鞋，一副唯命是从的样子；看来他们原本不知道谁说了算，现在心里有数了。

车子一直没来，他们去711倒是去得勤。所有人来来往往，跑来跑去！吱！吱！吱！贴了隔热膜的自动玻璃门开了又开！吱！吱！吱！他们又空手出来了。

为着里面的冷气，个个着了迷。这些二傻子去小破店里，心心念念的也就是这凉风了。他们怕不是国家穷，都没见过什么世面。

大巴到了。我认识它！这车就跟《尖峰时刻》里的一模一样！

8

司机倒跟《黑客帝国》里的那个家伙截然不同；他也是个黑人，但跟码头的那个保安也不是一个类型。

他绑着脏辫，戴着墨镜，双眼通红，用眼角余光看人；嘴里的口香糖早就嚼得干巴巴的准备要吐掉，这人一看就是个瘾君子！

"这车……是去79号码头的吗？"我开口问。

"没错，正确的地方正确的车。"

我坐到最后一排，这样车里一举一动都逃脱不了我的眼睛。一帮穷鬼坐下了，个个灰头土脸，随身带着用绳和纸裹得严严实实的大包小包，这场景不由得让人想起台风肆虐后的孟加拉国难民，让人心生怜悯。

车子启动了，出了栅栏门，在这座卫星城里穿行：仓库、餐车、洗衣车、叉车、食物配送车、清洗车、警车、消防车……仿佛是游戏里的模拟城市放大搬到了太阳底下。

路口经过一个又一个，场景却始终如一：棕榈树、卡车、脸，毫无二致，恍惚间还以为这司机在原地兜圈子。但其实，车子一直在走，不断往前去，直奔地平线。有点怪。

海呢？那一大片该死的蓝水呢？但我闻到了它的气息。一股咸涩味直往我的鼻孔里钻，虽然眼前还是没有出现一丁点蓝。

车子开进一个停车场，那里停了几百辆大巴，车子在里面穿来穿去，最后停在了一个巨大的蓝色仓库前，看着像加大号宜家。

"79号码头到了！"司机喊了一句。

蓝在那！就在仓库后面！这蓝虽然不及阿尔及利亚的海，但也算是差强人意了；它如此动人，以至于我的眼眶甚至泛起了泪。要不是这二十层的破房子挡在前面煞了风景，哪还有比在这看海更惬意的事。

那栋楼，原来是一艘船。整个一庞然大物，长得让人想起向远处延伸开去的郊区廉租房，但它美多了……这便是我第一次看见它。

我跟司机确认码头，他只说了句："祝你好运，哥们！"

我从大巴上下来，双眼成了一只贪得无厌的怪物，死死盯住邮轮，半秒都不愿意挪开；而看得越久，越觉得自己全身发软。这船在一点点蚕食我体内的能量，我如同靠近氪石的超人，四肢无力。你懂这种感觉吗？

这船硕大无比，不计其数的小人簇拥在它周围，就像杰克·布莱克（Jack Black）主演的《格列佛游记》里的小人一般。

码头上，工人们忙着装货卸货，卡车来往运送食品，叉车尖叫着四处溜达，所有人都操着英语或西语在对讲机里大喊大叫。

这艘船，它就是一个神。所有人都在服侍它。不想惹祸上身，就得把它服侍舒坦了。

它的大名："海洋之王"。单单这名字就让人肃然起敬，即便你看不懂英语。想想要是之前他们把它命名为"海洋公主"，那这阳刚之气可就大打折扣了，况且这名字也失了些庄重的意味。造船的人原本就是按照轮船体积大小来给它们命名的，这跟军队里的做法有些类似。能容纳四千名以上的乘客，那就是"王"；少于四千多于两千五，那就是"女王"；两千五都没有的话，那只能是"公主"了。懂了吧！

其实生活里不也这样，东西一重，就得给它带个把。千真万确,我可没胡说八道!

突如其来的喇叭声吓了我一跳。

"混蛋,你他妈的站在路中间干嘛!"

伴着声声夺命笛,一台橙色叉车急闪着灯从我身边绕过去。

跟我一起来的那帮穷酸鬼早就消失在了一扇小门前,那门上写着"奇妙巡游服务处"。

想着梅西罚点球前都会深吸一口气,我也深深地吸了一口气,接着跨过了那道门。

拿骚[1]

塑料椅、荧光植物、自动取票机……这公司服务处的布置，跟法国政府补助中心倒是如出一辙；这样也好，至少你不觉得自己身处异国他乡了。

这里设置了三个新人登记柜台。我拿了个号，851，就在柜台对面的椅子上坐下来。闲来无聊，随手拿来一份宣传资料打发时间，原来是"海洋之王"的宣传折页。拉开，这艘巨轮就在整个版面上横向舒展开来，让人眼前一亮。

眼前就是迪士尼，只不过搬到一艘船上来了。船舱一层一层堆上去，甲板一片一片铺开来，游泳池、剧院、健身房、餐厅、跳台、滑梯、专门逗小孩开心的海狸装小丑，更有一家赌场和一个水疗中心。我赶紧转过身去看看它的真容。深色窗户的另一边，小人们依旧在码头上穿梭不息。

他们上方就是那座蓝色仓库。我凑近些，隔着窗户往里望。里面立着几十个接待柜台，输送带不停地往里运送行李，乍一看还以为是机场，除了海关人员换成了一些身着船长制服的家伙。我终于串起来了。停车场上停的那数百辆旅游大巴，它们的乘客

---

[1] Nassau，位于新普罗维登斯岛，是巴哈马的首都。

一下车便直奔那个仓库去托运行李。

这些游客凑到一起,活脱一个怪物博物馆:男男女女都像一个模子里刻出来的。男的统一穿卡洛斯(当然是胖子歌手卡洛斯,不是杀手"豺狼卡洛斯"[1])的那种加大号衬衫,配上百慕大短裤,再加一双卡骆驰洞洞鞋。女的则无一不披了一头蓝发,这蓝甚至不是法国军帽蓝,而是那种棉花糖蓝。他们一个个那个肥,看起来就跟衣服里塞了两个人似的。一场名副其实的怪胎秀。

这让我想起了一个电视节目,那里面主持人会邀请一个人到世界的另一端去拜访偏远的部落,通常就是见见当地土著,他们个个都非演员而是货真价实的原始人,赤身裸体!受邀者并不知道自己要去哪,那是个惊喜。他被带上飞机,蒙上眼睛;一下飞机,他便浑身不自在了,全身发软,后悔全写在脸上。他一点也不想跟那些土著人待在一起;现代社会已经消灭的疾病在他们身上依旧存在,而图腾崇拜也让他无所适从。显然,嘉宾只想赶紧走人,但既然签了约,前前后后都是摄像头,他也只能打掉牙往肚子里咽了,没办法,来都来了,周围摆满了图腾,用来献祭的牲畜都准备好要下刀屠宰了,哪能这么容易脱身呢。

没了退路,他转而对着镜头微笑,跟观众夸夸其谈,吹嘘这地方无与伦比,赞赏当地人的淳朴善良,而这趟旅程所见所闻则非同凡响,自己不虚此行。但其实,他的双眼出卖了他,你看得出来他明明更希望自己身处圣特罗佩[2],在泳池边小憩,嘴边是一

---

[1] 豺狼卡洛斯,委内瑞拉人,是1970—1980年代臭名昭著的国际恐怖分子。后被法国法庭判处终身监禁。歌手卡洛斯(1943—2007)是法国儿童精神分析鼻祖弗朗索瓦兹·多尔多之子,总是以夏威夷风的舞台形象出现。
[2] 圣特罗佩是法国普罗旺斯–阿尔卑斯–蓝色海岸大区的一个度假胜地。

杯龙舌兰。你看得真真切切，他的眼睛深处满是这样的期望，在那双眸深处。

此时此刻的我，就跟他同病相怜；看着那些肥佬走过舷梯，登上船，我后悔莫及，真希望自己没出现在这。但我也被困住了。签了约，某种程度上，我也是他们邀请来的嘉宾！只不过是来干活的那种……

"851号，请到服务柜台！"

一只手碰了我一下，我才回过神来。一个双手戴满戒指的巴基斯坦人，对着我笑了一下，真够瘆人的。他干嘛碰我？他竟然还涂了睫毛膏！他以为自己是在伊斯兰堡酒吧的淫乐窝里吗？

"到你了。"他对我说。

我听不懂他嘴巴里在叽里咕噜什么。

"什么？"

他粗大的手指敲了敲我的票。851，到我了！

柜台这女的一看就是典型的加勒比人。天生媚骨，焦糖色皮肤上嵌了一对翡翠眼。

说实话，自打一个幼儿园的发小蒂莫德给我听了祖克音乐[1]，我就对加勒比人有天然的好感。想嗨就听祖克！好吧，其实也就能纵情十分钟，这之后就有点让人抓狂了，但刚开始，确实让人无法自拔！我想起有个加勒比人组成的乐队"卡萨夫"，以及另一个组合"克里奥尔乐队"；还有一个家伙，戴着电视剧《爱之船》[2]

---

[1] zouk，1980年代初源于法属安的列斯群岛的舞蹈音乐，以使用克里奥尔语演唱、大量采用电子合成、录音技术复杂为主要特征。"祖克"一词原指当地的夜间舞会。音乐组合"卡萨夫"（Kassav）首次使用该词指称经他们加入合成音的此类舞曲配乐。
[2] *The Love Boat*，美国电视连续剧，讲述一艘邮轮上的故事。

里的船长帽，唱《塞丽梅娜》。所以，我相信，凭我积攒的这文化素养，我跟她就是背靠同一片土地的一家人。知人所好可是至关重要的。她哪里来的，喜欢什么……戴维·马提亚尔（David Martial）！就是他唱的《塞丽梅娜》。坐下的前一秒我终于想起了他的名字。戴维·马提亚尔……他就是皮特尔角城[1]的丹尼·德维托[2]！

这位女士正用一双明眸盯着我呢。顾盼生辉，原来不是骗人！在喀布尔，若是睁着这样一双眼睛出门，即便你蒙住面容，不出二十分钟，别人不是给你戴上焊工的防护镜，就是挖走你这对美目！真相往往残酷不堪……

"您从哪来？"

"法国！一半法国人，一半阿尔及利亚人。"

"什么？"

"法国和阿尔及利亚……你知道，一！二！三！阿尔及利亚万岁！"

"护照！"

我把护照递给她，嘴角浅笑，就差把"我看上你了"这几个字写在脸上了；但我偏不说出来，好来一出欲擒故纵。她继续提问，我继续施展魅力，盘算着以后邮轮中途停靠的时候和她共度春宵。

"您来当服务员助手，对吧？"

"没错。"

---

[1] 法国在加勒比海的海外省瓜德罗普的最大城市和经济中心。不过戴维·马提亚尔是法国另一个海外省、距离瓜德罗普120公里的马提尼克人。
[2] 著名意大利裔美国电影演员。瓦姆有此联想可能因为德维托和马提亚尔都是光头。

我假模假式地回答她的问题,但其实思绪早就飘远了,飘到了在免税店买的CK裤衩里。我媚笑不止,想勾走她的魂。

突然间,她停住了在登记表格子里打勾的笔,望向我的眼睛,跟我对视。成了,我心想。在情场老手发起的爱情攻势面前,她摇摆不定,招架不住了。

"先生,您是在性骚扰我吗?"

我在想自己是不是听懂了,时差让我的脑袋有点发懵。但我发誓自己肯定听到了"性"这个词!真的假的?寥寥数语,我就把这位绝色佳人拿下了!这大概就是我骨子里的法国人的浪漫!所谓法式风情!

"先生,您是在性骚扰我吗?"她又问了一遍。

这女人,她难以自持了,那就让她如愿!

"没错!当然了!"

她一脸厌恶地皱起了眉,仿佛下一秒就要吐出来,小声啐了一句类似于"什么垃圾东西"这样的话,继续埋头干活。

我没再说话,感觉自己像是遗漏了什么。一分钟之后,她又抬起头来,脸上挂起了大大的微笑,我这才松了一口气。一上来就剑拔弩张的,那这事准长不了。

她递来一张纸让我看。

"慢慢看!"

我又不是法学家!直接签!大手一挥!还颇有几分艺术家的风采!

"谢谢!"她说。

她拿回纸盖了章。我起身时,给她抛了个媚眼。她又笑开了!这女的,明明就欲火难耐!柜台的另一边,已经有一帮穷酸鬼在等着了，手里都拿着护照和盖了章的纸片。

门口站着一个穿制服的家伙。

"大家好！我叫唐纳德，是这的事务长（purser），大家跟我走！"

难以置信，这男的竟然叫唐纳德！唐纳德，pioursseur[1]！

Pioursseur，总不会在说他是个处男吧？唐纳德，处男！这是好戏开场的节奏？

我什么也没说，不想招惹是非，但没忍住笑出了声……唐纳德一脸茫然，瞪了我一眼。噢，惹麻烦了，处男的凝视！我抿紧嘴唇忍住不笑。大家都站到唐纳德身后排队。等那个精心打理了发型的巴基斯坦人拿到签名盖章的小纸片过来，人才到齐，我们开拔了。我转身再看看加勒比公主，她给我比了个中指！

这女的，比着中指对我笑！我不理解。

---

[1] 瓦姆蹩脚的英语把 purser 发成 pioursseur 的音，而后者跟法语中的 puceau（处男）发音有些许相近。

卡特岛[1]

码头就是一座大火炉。汽笛声、嘶喊声、口哨声,还有海鸥高亢的叫声,不绝于耳。

大家都跟在"处男"后面,快步疾走。他夹紧屁股,小心翼翼地在叉车和卡车间穿梭,带我们走到了船底下。

抬头望去,"海洋之王"威风凛凛,仿佛是一座矗立在码头上高达七十米的城楼。

高处的舷梯摇来晃去,肥佬们踩着花花绿绿的洞洞鞋一步一震。所谓饿死鬼在下,阔老爷在上。各安其位!井然有序!

底下的蝼蚁一个接一个进了船。

一瞬间,太阳就失了踪迹,仿佛被按下了暂停键!就像是遥控器上的静音键,想象一个类似的驱光按钮,只需一下,太阳就会被关掉。从码头到船上的这刹那间,光被驱散,你瞬间就掉进了无止境的暗夜里……

迎接你的,是"海洋之王"腹部的深幽之地。而我,则成了被吞进鲸鱼肚子的匹诺曹。来了这个地方,很多东西就用不上了,比如墨镜……你可以把它压到箱底了,毕竟这里暗无天日。

---

[1] Cat Island,巴哈马中部岛屿。

至于,夜什么时候降临,什么时候会轻叩你的窗沿,你也无从得知。甚至,就连窗都离你而去。

或者你也可以用墨镜去跟别人换点耳塞,这样就能牢牢堵住自己的耳朵……四周噪音震耳欲聋,怕不是撒旦在敲锣打鼓!

周遭的氛围让我回想起高中时期某次去蓬皮杜中心参观的经历。地下室里有一间音乐室,房间只有单间公寓那么大,确切地说是搞"实验音乐"的……那些家伙摆弄着电子音乐合成器,敲敲罐头,砸砸玻璃,把这些声音都收录下来,然后再听合成的音乐效果……他们要做的就这些,靠这个拿工资!

至于船里头的装饰,墙就是用一块块铁皮铆成的:所以,这里热得跟蒸笼一样,墙壁噼啪作响,回音不绝于耳。因为船内湿热,墙自然也免不了锈迹斑斑,而地上脏旧的塑料地板更是臭气熏天。

走廊窄到刚好只够两个不肥不瘦的欧洲人并排经过。但要是换成两个美国人,比如那些船上的肥佬,就根本没法同时通行,只能轮流来,一个接一个。可能这就是为什么那些大腹便便的住上层,而骨瘦如柴的只能被困在"海洋之王"的小肠里。

"先生们,这边走!"

我们向右拐,寸步不离地跟着领头的。一条新走廊,但跟刚刚那条相差无几,只不过是更长点,依旧是门、水密门,以及其他逆向而来的工作人员。

走廊笼罩在医院的那种冷白光里,我们一路上与各类工服擦肩而过。有些穿蓝色连体裤的家伙身上附着油污;有些厨师头上顶着点心,还有些顶着肉块;服务员有些穿深灰,有些穿酒红,仿佛是漫画里穿红制服的门童……

高音喇叭嘶嘶响了一声……"三十分钟！"唐纳德看了看表，加快了脚步。到了一个巨大的房间，一个巨型自助餐厅！

"这是吃员工自助餐的地方，你们可以看看！"

难以想象的大……我转过身去问那个巴基斯坦来的：

"这招了多少人啊？"

"我听说至少'秃骚人'……"

"骚人"，就是"一千"；"秃骚人"，整整两千！快赶上咱们的3000新村了！况且这么多人都几乎待在水下！加上六千名游客，八千啊！

我没有什么幽闭恐怖症……但突然间，整个人都不好了……

我们又走进一条新过道，周遭的布置依旧一成不变。

"先生们，快点！麻利点！"唐纳德开始催我们了。

一下子，大家全都健步如飞，一副要把楼梯踩穿的气势。

下楼梯，一层又一层，下了又上，上了又下，令人反胃。

越往邮轮深处的金属小道里去，就越发闷热，越发潮湿。味道也愈加冲鼻，那是某种混合气味，掺杂了铁锈味，又有几分雨后林地的气息，像是从一棵杉树后面散发出来的味道，隐隐约约并不张扬，但就是惹人心烦，总而言之就是哪个不厚道的在林地里大便了！

身边所有人脸上都闪着光，电灯把他们脸上的汗珠照得清晰可见；船还没离开码头，他们看起来就已经体力告竭了。

至于那位巴基斯坦来的哥们，精心打理的发型早就塌得跟桶边的湿拖把一样。他汗流不止，淡紫色的衬衫湿透了，睫毛膏也早就晕开，沿着眼睛流了两条黑道下来。他不再神气活现，那眼神里巴巴写着的都是"我们是不是被耍了？"。

"这是你们的浴室!"唐纳德带着我们继续参观样板房。

我们挨个从门前经过。门开着,洗手池上方有一面镜子,我的脸倒映在里面……说实话,我真不该看过去的,我都认不出自己了:一张无异于他人的脸,满脸汗渍,熊猫眼……烦人!怎么从没有人告诉我上船打工千万别照镜子呢!从没有人!

这让我想起以前看过的一部彩色影片,它讲的是一个领队带着全城居民走沙漠的故事。在走出沙漠之前,这位头儿说了些类似这样的话:"我会保护你们的,但注意,千万不要回头看这座城市,不然就会变成石雕!"不用想也知道,那群人里有些白痴偏偏忍不住回头瞄了两眼。哒!就只能成了博物馆的石雕了!

终于走到头了,前面没路了,只有一堵锈迹斑斑的墙,墙上挂着一个灭火器。

墙前面站着一个人……肌肉发达,双臂交叉在胸前,前臂壮如大腿,上面缀着不少文身,剃着平头,搭了一身白T黑裤,只需要嘴里再叼一个烟斗,这家伙就是现实版的大力水手波比了,就那个一吃草就会力大无穷的家伙。

唐纳德在那高声清点人数:"……八,九,十!齐了!"他转向波比,"这十个给你!"然后对着我们说,"各位!很高兴见到你们!把你们的护照交给我吧!"

什么情况?我干嘛要把护照给他?这是要逼我上演《午夜快车》或者是《狂奔天涯》里的逃亡戏码吗?

那九个白痴老实巴交地照干了。我本来就站在队尾,护照传到我手上来,我就直接把那些交给了唐纳德。

"谢谢!"

他数了一遍,"怎么少了一份!"

白痴们面面相觑，我只能把眼睛移开，争取不对视，装作一副"我也不知道怎么回事"的样子。

"快点，各位！快点！"他重复了好几遍。

波比按捺不住了，他一出动，气氛立马就紧张起来，一股逼人的寒意肃清了周遭的湿气。

"少了一本护照！谁的？"

声起雷动，如同盛夏城区上呼啸肆虐的暴风雨，排山倒海，凝固了一切；又如某座小岛上喷薄而出的火山熔岩，所到之处，树、鸟、小溪，统统被覆盖。周遭一片死样的寂静。

唯一还能听到的声响是世界另一端水龙头的滴答声。

滴答，滴答……

波比开始查护照了。

"我的！"再不交要被骂得狗血淋头了，我赶紧喊了一句。

我刚把护照拿出来，唐纳德就收走了："船长会保管你们的护照，等合同到期就还给你们！再见！"

他直接跑着离开了，像是插上了翅膀，扑棱几下就没了影。为了立马到甲板上去呼吸新鲜空气，享受日光，他也是够拼！

事实上，我挺羡慕他的……跟唐老鸭同名还挺酷，这名字听着就很自由！

远方响起了汽笛声，那声音从上面传下来，如尖叫一般。十个傻子呆若木鸡，如同危险逼近时的狐獴一般动弹不得，而我，也是十傻之一。

"海洋之王"启程了。

马亚瓜纳岛[1]

十傻站在波比面前,等他发号施令。

"好吧……"

美国佬的"好吧"就跟法语里那句打招呼的"好啊"差不多意思。他挨个把傻子们打量一遍,慢慢检查,逐个扫描。目光又从我们身上扫到舱房,想着怎么把我们塞进去。我们十个人,但只有八个舱房。显然有两个人要被扔出去了!

要是这男的看起来没这么杀气腾腾,没准我还会试着半开玩笑地问"能给个海景房吗?"但谁敢在老虎嘴上拔毛,还是乖乖闭嘴为佳。

过道里来了一个黑家伙和一个亚洲佬。他们穿着厨师服,看起来疲惫不堪;嘴里叽叽喳喳,操着一口蹩脚的英语,要是闭着眼听,还以为是纳尔逊和蒙福[2]在喋喋不休。

"待会见!"亚洲佬蒙福跟我们打起了招呼,脸上咧着大大的微笑。

"拜拜!"老黑纳尔逊抛了个媚眼。

---

[1] Mayaguana,巴哈马最东端的岛屿。
[2] 纳尔逊·蒙福(Nelson Monfort)是法国电视体育转播员,英语标准、流利,但也因用英语采访时过于亢奋而成为法国人打趣对象。此处瓦姆将其名姓拆开给他人起绰号。

他们在我们中间迂回前行，宛如在五斗橱上的花瓶间绕行的猫咪一般小心翼翼，最后钻进了一个舱房。好了，八减一，只剩七了，七间房挤十个人，怎么分房更成问题了。波比的脑子就跟"海洋之王"的推进器一样，飞速运转起来。

巡视了一圈房间之后，他直接开始分："你和你，左边第二间！你……第三间！你……第四间！"那四个家伙老老实实过去了。

波比再分右边的房间："你和你，右边第四间！你们俩，第二间！你（他指着我）和你（那个巴基斯坦的），第一间！二十分钟之后在这集合！"说完他就走了。

那个巴基斯坦的站在门前不敢开门，转过头看着我……我来。

没想到房间里的小夜灯是开着的，后来才知道这些小房间里的灯昼夜长明，就像在法国总统府。

房间就只有佣人房大小，目测三米见方，也就是九平方米。但这可不是一般的佣人房，这是"海洋之王"上的佣人房！顶级配备！你看，这得住四个人！没错，就是四个，塞得进！上下铺就是这么神奇，一边能睡俩；床中间靠内墙的地方，四个金属柜神气十足地立在那！

我把包扔往右手边的下铺，床发出一声惨叫，肮脏的床单竟然跳起来了，接着冒出来一个顶了一头红发的家伙。

"妈的，你在搞什么鬼！"他吼着欢迎我。

谁能知道床单下竟然有个活物！石斑鱼才喜欢藏在碎石下！上铺也是，睡了一个亚洲佬，那张脸简直是稻田里水牛的传神写照。我还从没见过长成这样的亚洲人，就算在我们93省，这种长相也是一脸难觅！

我把手举起来，仿佛一个刚被警察逮住的傻叉。

"兄弟，放轻松……不好意思……不好意思！真不是故意的！"

红发怪从上到下打量我，他火冒三丈，但无精打采，疲惫不堪。那张因怒气而涨得通红的脸绷得紧巴巴的，就像电影里戴着面具的方托马斯。他太累了。

他没说话，翻个身朝里没过五秒就又响起了呼噜……心服口服！那个亚洲人也是一样。

这下懂了，在房间里静寂是神圣不可侵犯的，如同在医院里，任何声响都是不敬。邮轮实行轮班工作制：餐饮服务、维修服务、准备工作、保养工作都得二十四小时不间断。因此，平均而言，每人每天要工作十四个小时，那些爱岗敬业的能干十六个小时。不过哥们，你要是真想干，干到地老天荒都没人拦你！

我们俩只能凑合睡剩下的两张床铺了。那个巴基斯坦的闷不吭声地直接占了下铺。问都不问一句！他哪来的胆子，以为自己是印度土邦主吗？

"你别睡这！"我说。

"为什么？"

"因为我要睡！"

突然有点剑拔弩张的意味了！就要给这些人一点颜色看看，不然以后在这一点威严都没。

海上，也是有"丛林法则"的，说成"海洋法则"也可以，随你喜欢。鲨鱼总比小鱼吃得开，不信你就去问库斯托[1]！

---

1 Jacques-Yves Cousteau(1910—1997)，法国海洋科学家、探险家，科普作家，法兰西学院院士。

"行！"这乞丐回了一句。

竟然一点意见都没有，这个伊斯兰堡来的胆小鬼！

他爬梯子上床，放好箱子，因为天花板太低，他只能像个船役囚犯似的，趴在床上把里面的东西都清出来。

他就这么趴着把那套招摇过市的衣服换成了一套破旧的运动服。脱裤子费了他九牛二虎之力，但他看起来也没记恨我，毕竟他脸上还挂着浅笑，虽然这笑耐人寻味，仿佛在说"哥们，以后的苦日子还长着呢，找个睡铺只是开胃小菜"。看来是想跟我有难同当了！

我在地上摊开箱子，麻利地挑了几件，里面可是邮轮生活的所有必需品……防晒霜、人字拖、花衬衫、沙滩裤……

我把衣服放到还空着的柜子里。还没忙活完，手电筒掉到地上亮了，滚到了床底下。捡手电筒的时候，我顺便拿它扫了一眼床底，就像被黑夜的诱惑力紧紧抓住的猫头鹰一样，伸手不见五指的黑总是不失对人的天然吸引力。

肠子都悔青了！有东西在动……在跳……密密麻麻，蟑螂成群！只只通体一片地狱烈火红！每只目测五厘米长！至少二十只！灯光一晃，它们四处乱窜，准备藏到金属柜背后去。

我赶紧换衣服好转移注意力……

*

二十分钟之后，大家回到走廊。十个劳苦人老实待命，只敢窃窃私语，怕惊扰到还在睡觉的其他人，那些家伙就像电影《欢喜城》里的麻风病人一般瘫在床垫上。

"嘎吱！嘎吱！嘎吱！"我的篮球鞋踩在塑料地板上嘎吱作响。那个巴基斯坦来的家伙想必已经跟其他人宣扬过我的威风了，所以他们的目光都集中在我的脚上；想必他们是第一次看到一个像我这么拉风的家伙。

"嘎吱！嘎吱！嘎吱！"

"哈喽？"我抬手打个招呼，想缓解一下气氛。结果，随你信不信，每个人都回应了一句！从菲律宾人到巴基斯坦人！打起招呼来，一个人一个调。

"哈喽！"

"哇喽！"

"呜喽！"

"发咯！"

一个接一个！尽管发音不足称道，但大家这么热情回应，我也心满意足了。

本来还想跟他们一一碰个拳，但波比回来了，手里拿着一张名单。他三下五除二地清点了一下人数。头顶的氖灯忽闪忽闪，周围湿气萦绕，他顶着平头，满头大汗，看起来就像是现实版的"终结者"。显然，这家伙既不喜欢和人闲聊，也没什么幽默细胞，更不用说时尚这块，他完全是个山顶洞人，不然他怎么会这么一脸严肃地盯着我。看来，我发散魅力还碍着他的事了。他发表了一大段个人演讲，像是被《全金属外壳》里的军士长附了身。

他对着我们又吼又叫，像是沙特阿拉伯的宗教警察在训导佛教徒一般。他奶奶的！他说的有些我都听不懂，只知道是在给我们定规矩。一天工作不得少于十二个小时；没有船长的许可不得离开工作岗位；工作期间控制上厕所的次数，尤其是女的……

我们面面相觑……这也没有女的。

跟乘客有接触的员工,严禁套近乎,尽量少交流……恰如政府给的低收入家庭补助金,能少一分就少一分!"您好""谢谢""祝您今天愉快""祝您晚上愉快"……这些就够了。就算乘客想跟你说说话,那也别聊开了……

总之,拉三十秒的家常,就等于挤占了原本用来干活的三十秒;有这三十秒,你就能去一趟厨房,或者把厨房里的菜端上桌了。我们是一个团队!没有谁单打独斗!跟人闲聊会打乱厨房的节奏。一个服务员,一次至少要上三盘菜,现在因为忙着聊天,传送带上的三个盘子来不及取下来,厨房一下就会乱套!从备菜到出餐,万事精确到秒。要是传菜员没有及时清空传送带上的菜,厨师就没处放刚刚出炉的新菜。于是,盘里的菜晾在盘里冷掉,出不了锅的菜只能继续烧,结果焦味四起,那烟连油烟机都来不及排,从而触发烟雾报警器。

警报声四起。

高级船员大惊失色,着急忙慌跑去检查。穿洞洞鞋的肥佬惊慌失措,跑到甲板上,结果跟喜欢抱团取暖的绵羊一样,他们全都挤到邮轮的同一边。船长都控不住场了。结果,船翻了,2012年意大利"协和"号海难重现!我胡言乱语呢……

波比最后说了一句:"在餐厅工作的人得牢记我说的这些,其他人,等会再说。"说着瞥了我一眼。

"跟我来!"

大特克岛[1]

我们回溯来路，走十分钟到了"Laundry Room"。

所谓"Laundry Room"，就是洗衣房。只不过，房间里不只是一台洗衣机和一排衣服，它简直就是一座水下清洁工厂。洗衣机大如电力变压器，烘干机也是巨型的，光速传送毛巾的轨道遍布房间各处，轨道下面站了十几个打扮得面包师一样的中国人，个个浑身是汗，就跟锅底的小春卷一样油亮发光。

这个白色国度的正中间是一个带柜台的办公室。等所有人进门，波比就把门关上了，活塞声、蒸汽声、叫喊声都细微了起来。

柜台后面，一男的，五十岁左右，秃顶，眼睛下面耷拉着厚重的眼袋。他浑身萦绕着悲伤的气息，以至于你要是哪天听他讲起人生故事，大概会忍不住想紧紧抱住他。这就是所谓的"拥抱"，都是美国人整出来的玩意。

波比把名单给他。忧郁国王"不高兴一世"把眼镜架到鼻梁上，念了名单上第一个名字。一个菲律宾人出列了。这家伙横着看胖瘦合适；但竖着看，身高就差了点。非常矮。

---

[1] Grand Turk，英国海外领地特克斯和凯科斯群岛的岛屿，位于加勒比海。

"不高兴一世"上下打量他一番，就消失在柜台后的储物间了，回来时手上拿了一套服务员制服：红衬衫、牛仔背心、邻结……给他指了间更衣室，"MC"便急匆匆地进去了。这是我给那个菲律宾人取的外号，当然"MC"不是指"司仪"（Master of Ceremony），他这身材，叫"立方米"（Mètre Cube）再恰当不过了。

他换衣服的时候，"不高兴"又忙着给另一个菲律宾来的家伙找衣服，这人体形跟上一个一样怪，都有失协调，但是是反着来的：又高又瘦。"不高兴"好好打量了他一番，皱起眉又离开了，回来手里拿了一套新衣服。

"不高兴"离开这阵，MC从更衣室里出来了。那衣服简直太合身了，就跟量身定做的一样！最耐人寻味的是，原本长成四不像的亚洲小矮子换完衣服，突然间倒有了几分美男子的风采，魅力也大增，说是盗版成龙也不为过！

那个瘦高个也是一样；从更衣室出来之后，就光彩夺目了起来。

"不高兴"完全就是魔术师，所谓"海洋之王"上的克里斯蒂安·迪奥，神通广大，妙手回春。这家伙对工作倾注了一切，工作成了他的生命本身。他只要打量你十五秒，就能对你的一切了如指掌：你的身体、你的内心，甚至你的灵魂。他这一生，想必已经看过数万人的身躯；而他仓库里的那些衣服，左搭右配，能组合出几百种体形。他从不出错。目光犀利如警察，眼睛一扫到你身上，他就清楚自己在跟谁打交道，当然他不会抓你。

到我了。我是名单上最后一个。"不高兴"看了一眼我的资料和身材，又立马走开了。

其他人都换好了衣服，个个神似啤酒瓶上的坎特大师[1]；说实话，无一不惊艳四座。这里仿佛成了服务员版的《明星学院》[2]，十名学员，个个天赋异禀，但哪位才是最出众的服务员，才能够直接给顾客上菜呢？毕竟明星服务员得兢兢业业，挥洒血汗，吃得苦中苦……小费更是能拿到手软！

上场对战之前，他们先来一场小丑狂欢。拿出手机，摆出各种姿势拍照，丝毫不尴尬，就差叠罗汉了！

我脸上挂着笑，耐心等着，我马上也会让他们眼前一亮！

"不高兴"回来了，手里拿着一件装在塑料袋里的套装。

"这个给你！"

我看着这身衣服，仿佛看着巴黎16区阔人家的小开拿兑了散沫花的白粉糊弄我。

"哥们，这不对啊！这不行！"我先指了指这衣服，又指了一下坎特大师们的衣服，他们的可是荤素搭配的豪华肉串。"我想要这个！这种好东西！像坎特大师那种，你懂？"

"不高兴"慌了，瘦小的身体突然散发出一股酸臭味，这味道像极了巴黎北站的茅厕里狂喷的劣质香水。他望向波比，这家伙嗅到不对劲立刻过来了。

"怎么了？"

"不高兴"跟波比说我不喜欢这套衣服。

"哥们，这么一套衣服我怎么会没意见！我也想穿得跟坎特大师一样！我可不想要一身《越狱》里的行头！"

---

1 法国啤酒品牌。商标为一个身着红衣、头戴圆顶宽檐帽的人物。
2 法国电视真人秀，是青年歌手间的较量。

波比把我在码头办公室里填的表翻出来，怼到我的脸上，食指指着其中一行。

"这儿写的是什么？"

"Ableseaman"。那儿写的是"Ableseaman"，不是"服务员助手"！那英语单词的拼写看着还有点像"Abderrahmane"[1]，但肯定是八竿子打不着的关系。

"这是干什么的？"我问。

"等于船上的百搭！什么都得干。百搭牌，你知道吧？什么都能替！"

百搭，其实就是勤杂工！哪里需要我，我就得去哪干活。做清洁，换灯泡，在厨房打下手，把行李搬到船舱……所有这些破事！这不就是拉米雷斯先生[2]上了船？我怒不可遏，这到底是怎么回事？我签的明明是服务员助手！怎么突然就成了百搭了？

我突然想起来了，码头那个女的……是她故意整我，让我签了这个鬼东西，杀我个措手不及！我只是撩了一下她，她就这么来搞我！他妈的！

"所以！你就得穿这个！"波比敲了敲包着套装的塑料袋。

一旁的小丑们停下了他们的小动作。大力水手波比可是驰骋七大洋的人物，竟然有不识相的敢跟他叫板！

所有的目光都聚集到了我身上。

"干嘛？"我愤愤不平地喊了一句。

这时我还没意识到，其实在船上人看来，我已经成了一个失

---

[1] 阿卜杜勒－拉赫曼，阿拉伯人名。
[2] 法国幽默大师吉·博多斯（Guy Bedos, 1934—2020）小品《拳击手》（*Le Boxeur*）中为拳击手打点一切的经纪人形象。

败者，妥妥的扫把星，没人会搭理我了。

回到房间，麻烦就找上门了。拉吉夫[1]就像一条鼻涕虫一样，把我的床当成生菜叶，赖在上面。还扬起下巴指指上铺，连句话都没有，也不看我！就算是条狗，就算是北京人要把狗送上烤架，都不至于这么对它！

我一把抓住他的衣领，把他拽起来。他娇喘一声。我冲他脸上吐了口唾沫。他浓密艳俗的睫毛像蝶翼般扑棱不止。他竟敢这么对我？他就是个欺软怕硬的王八蛋！无知无畏，他要是敢在陆地上这么做，难保不被浇成水泥柱，抑或在"马西利亚在燃烧的街道"[2]的氛围中被自动步枪秒掉。

现在在海上，算他走运；毕竟，海上玩的不是这套！不一样！哪看得出来？瞧，这个孟加拉来的，这个狗娘养的，竟然马上就跑出房间，到走廊去找波比打小报告！瞧，这个新德里的告密者在白俄罗斯人耳边窃窃私语！波比转头看向我，嘴角上扬，挂起荒原野狼般的邪笑。

他走到我面前，食指比枪，瞄准我的脸："王八蛋！你以为你现在是在哪？你要知道船上是有规矩的！你要是不听，我就把它们塞到你的屁眼里，到你学会为止！"

房间里，红头怪和老水牛在床上坐了起来，一声不吭，恶狠狠地盯着我：就算大喊大叫的是波比，也是我扰了他们的清净，不是他。

---

[1] 常见印度人名。瓦姆用以指代该名室友。
[2] Massilia's Burning Streets。"马西利亚"是马赛的古称之一。瓦姆在这一文字游戏中似乎杂糅了两个专名："马西利亚在燃烧"是一份聚焦于马赛朋克摇滚活动的网络刊物，而"燃烧的街道"是美国波士顿的一个朋克摇滚组合。

他是果，我才是因，所谓罪魁祸首。发生恐怖袭击，要怪也只能怪点炸弹的人。

我只能忍气吞声，任他口水四溅一通骂；这家伙就应该去给高加索的皮条客当保镖才对！我没吭声，但我才不会向他服软。我只是突然意识到原来我已经出了家门，来了别人的地盘。美国佬！在这艘疯船上，以往生活里的那些规则不再适用，所以这里才叫"新世界"。

高音喇叭里又传来了汽笛的尖叫。

"海洋之王"出海了。

海鸥展翅翱翔。

大陆、佛罗里达、迈阿密和它所有的恶习，都在远去。

穿卡骆驰的肥佬聚在甲板上，眼里的光跟这四周的日光融为了一体。

拉巴第[1]

十个穷酸鬼在走廊里横着站成一排,供波比和另外三个家伙检阅。

他们是船上的服务员领班,过来物色新人去顶替离职的服务员。那些人有些是合同到期,有些是掉进了海里。抱歉,我又在胡说八道……就算真有这事,那也是国防机密。

然而,走廊里的氛围,与其说像给入职员工做健康评估,倒更像是在贩卖奴隶。想必法国总工会就没在船上设置办事处。你总感觉自己是在出演某部古罗马电影,或是身处毛里塔尼亚:有钱人坐在台上默默看着,而商品鱼贯而出,轮番展示,供人挑选。

他们细细查看,逐个研究,细节也不放过,牙齿、眼睛、鼻子……要是他们感兴趣的话,都能直接伸手摸你的老二……毕竟,那些领班挑人的时候,一个个都被权力迷了眼,个个爱面子,好撑场面。

"海洋之王"上有二十家餐厅。

"意大利小镇"的领班带走了两个;"巴黎美食家"(我知道,光看这名字就让人想吐)要了三个;剩下五位坎特大师则分给了

---

[1] Labadee,海地北部海岸归皇家加勒比邮轮公司私有的一个港口。

"法兰克福香肠广场"和"墨西哥庄园"。

他们乖巧温顺地跟着自己的领班,陆陆续续消失在楼梯上。

我想象他们重新回到船面,服务间隙凝望舷窗后的海洋,窥探来往顾客,适时递上自己的电话号码,好另谋出路。

就剩我一个人孤零零的,跟波比待在一起。

"跟我来!"

我们沿着楼梯往下走,周遭尽是陌生之地;最后,穿过狭小的走廊,走到一间办公室。其实就是一个两米见方的狗窝:一张小桌,一台电脑,一个柜子,加上一张两米见方的装饰画:一片白雪覆盖的森林。

"这是我住的地方。"我正东张西望时,他解释了一句。

"噢,好的。"

他在电脑上登记人员名单,标记他们的买主,我就在旁边站着等他。噼里啪啦,三下五除二就弄完了!

一弄完名单,他看了看我,眼睛里写满了疑惑:"我要怎么处理这个白痴呢?"

他拿起电话:"我这有个人你可以用……"说完就挂了。

"跟我来!"

他都快把"跟我来"当成我的名字了!

波比沿着大食堂外的过道往上走,左转继续走,一直往船头的方向去……走了很久……少说得有五分钟……走廊望不到尽头,只有橘黄的灯光为伴。我跟你赌一百欧,这些灯可以用来种大麻。

一路上碰到的大多是穿蓝色工装的家伙,他们是搬运工,负责把物资、补给等所有东西运上船。船长在他们面前都得毕恭毕敬,毕竟他们的工作不出差错,船才能准时出发;而对于海上巡游来说，时间可是寸秒寸金。

我们又下了两段楼梯，才到了一扇金属大门前。波比把门打开。震动突然强烈起来，并且迅速往整个船体扩散，如同车内扬声器突然放起了广播。嘭！嘭！嘭！像鼓！铮铮！铮铮！铮铮！像镲！

沿着房间里的管道和大桶继续往前走。温度不断攀升，波比早已满头大汗，衬衫沾上了大块的汗渍。再这么走下去，在玻璃挡板后等我们的怕不就是撒旦和小鬼了吧。

然而不过是个普通人而已。他一脸衰样，鹅蛋头，夹鼻眼镜，胶皮靴，肩膀窄得跟电视主持人似的。

他就是总工程师。

"史蒂夫！"他自我介绍。

"我是瓦姆！"

"所以你就是新来的除水工？"

"什么？"

史蒂夫和波比自顾自聊了起来，我一头雾水；要是不想每天这么糊里糊涂的，真是要好好学学英语了。

"你现在听史蒂夫差遣！"波比说完就走了。

奇怪的是，我竟有点难过了起来，就像小时候被我妈扔在超市托幼处一般，感觉孤零零的，不堪一击，仿佛丢了米卢的丁丁。这也情有可原，毕竟从上船起，我大部分时间都跟波比在一起，免不了产生点羁绊……

史蒂夫给我拿来一双靴子。

"这个给你。"

我在做梦？我为什么要穿得跟渔夫一样？更何况这鞋还黄艳

艳的!

"别见怪,我不穿!"

谁还没点自尊心。史蒂夫就耸了耸肩,也没坚持。

这样再好不过了。

"跟我来!"

史蒂夫走进一个水密门:"当心你的头!"

"啥?"

砰!我的头一下撞在了门框上。看来,不驯服英格丽许是不行了,太要命了。

我们经过一个大间。房间里轰鸣如雷,管道密布,大小不一,形态各异,长的圆的,大的小的,一圈圈地缠绕在金属罐周边。你见过炼油厂吗?就是那么回事!管道帝国!

墙上挂着成套的流量计。地上有五公分积水。我的篮球鞋都湿了……我有不好的预感。

哭丧脸脚下不停。我们在这堆罐子中间绕来绕去,管道太低,还得低头弯腰才能挤过去;而周遭声音震天动地,我们只好捂住耳朵前行。最后,我们在一个喷泉前停了下来。三个家伙在周围忙活,其中两个躺在水里,设法在水下扭紧螺栓;第三个是个黑人,穿着一件黄色的水手连裤工作服。他光着膀子,双臂粗壮如腿,对比之下,手里的扳手看着小得可怜,像一支笔似的。他这人高马大的体型让我都不敢正眼看他。

"我给你找了个除水工!"史蒂夫对他说。

"好极了!"

黑家伙瞥了我一眼,但眼神里并无任何不屑。我也不怨他。要是有个家伙,身高两米,三百来斤,健壮如牛,就那么直戳戳地站在你面前，你自然没有怨气。如果他跟米米·马蒂[1]似的，我倒是真得教训教训他；但现在，我可不敢造次。得有敬畏，真的。

黑家伙向史蒂夫简要介绍了一下这个喷泉。我只听懂了几个单词……"水喷出来……咸的……压力太大……"

事实上，这里是海水淡化室。你知道是用来干嘛的吗？我给你解释一下。这是一间牢房，里面关的都是支持斯大林的人，等他们不再唯斯大林马首是瞻了，就能重获自由。耶！

不是的，哥们，开个玩笑！[2]这地方能把海水变成饮用水，肥佬们就是用这水洗澡的。无奈他们要冲洗的体积太大，用水量可想而知。每次肥佬一洗澡，就会有金属罐漏水，一天两次。这是设计问题，还是什么原因，不得而知。但真要修起来，至少要让轮船靠岸两天，所以只能靠机修工马马虎虎地修补一下；毕竟"海洋之王"运转起来可是二十四小时不停歇的，没法大修，不然得亏好大一笔钱。所以，即便大家都清楚问题根源，但没人拿主意。要是不让肥佬洗澡，问题也能解决，但这更是天方夜谭：一是因为他们为海上之旅烧了钱；二是因为，胖子不洗澡味道太冲……就算一个瘦子在加勒比阳光下晒过也会臭气熏天，更何况这一个个穿卡骆驰的胖子！

*

史蒂夫走了，留下我，跟黑大个和他的两个蛙人待在一起，

---

[1] Mimie Mathy，法国女演员，患有侏儒症。
[2] "海水淡化"法语为 désalinisation，与 déstalinisation（去斯大林化）词形相近，所以瓦姆有之前的歪解。

死命地铲水！铲到地上掉漆！把水铲到房间另一头的下水道里！几百升的水，我可真是个超级抽水阀。

这下我又有了新名号：除水工瓦姆！

一个小时，两个小时，三个小时……没完没了地除水，浑身湿透；而且，这地方热得不行，水下十米，竟然有华氏152度，也就是38摄氏度。监工还是一位手掌大如铁砧的巨人，动不动就用眼角瞄你，看你有没有偷懒。

而你一点脾气都没有，毕竟你还期待着哪天能再见到蓝天、小鸟和亲妈呢。这可都是实话！

"瓦姆，别干了！六点发第二场大水的时候，你再过来，我在这等你。"巨人跟我说。

见我已经精疲力尽，成了行尸走肉，他用手比划了一个数字六，又敲了敲表——那手指粗得直接盖住了整个表盘。我出了海水淡化室，一直往上走，眼泪都要从眼眶里溢出来了。

除水工，真是倒了八辈子的霉。我本来期待的是《爱之船》，结果活成了《悲惨世界》。

虽然羞愧得想撞墙，但饿意蠢蠢欲动。我避开波比的办公室，直接奔向餐厅。甲板上，狂欢早已拉开了序幕：泳池的水四处飞溅，水疗馆的传单铺天盖地，日光浴下臃肿的身子沁着油光，活动主持人一个劲地卯上，把女人迷得神魂颠倒，更有吧台源源不断送上鸡尾酒助兴……但热闹都是他们的，我什么都没有。

他奶奶的！我要化悲愤为食欲。

吃一顿就好了。

但这该死的鬼餐厅在哪呢？

普拉塔港[1]

两点整，我才进了自助餐厅的门，取餐滑轨上方的时钟可不会糊弄人。

我油然有了一股逃离这个鬼地方的冲动。邮轮大逃亡！拿回我的护照。在拿骚或菲利普斯堡[2]溜之大吉，重获新生。巴比龙不就是这样，逃出苦役场，到一座小岛上和土著一起享受生活……但又被逮回来，在单人牢房关了十年[3]……算了，我这次还是老实点，下次再跑。

整个餐厅由有机玻璃板后的氖灯照明，和从法国防暴警察透明盾牌后透出的探照灯灯光一模一样。餐厅面积堪比体育馆，可容纳八百人同时就餐。而现在就是用餐高峰。像是进了蚂蚁窝，各个过道冒出的人从四面八方涌进来。

来的员工自然是五花八门，一应俱全：服务员、机修工、主持人、小丑、电工、客房女佣、搬运工、水手。泳池清洁工、厕所清洁工、普通清洁工。最后还有我，穿着我的"百搭"服……

---

[1] Puerto Plata，多米尼加共和国北部第一大港。
[2] Philipsburg，荷属圣马丁首府。
[3] "巴比龙"为法语 papillon（蝴蝶）音译。法国人亨利·沙里埃（Henri Charrière, 1906—1973）因有蝴蝶文身而获此绰号。他讲述其在法属圭亚那越狱经历的自传作品《巴比龙》两次被改编为电影。但研究者对其记录的真实性颇有争议。

餐厅里齐聚了来自世界上八十个国家的代表，等于是地球上的半数国家都派了使者来。亚洲人、墨西哥裔美国人、中欧人、南美黑人、非洲黑人、加勒比黑人。各种肤色，应有尽有，各有专擅，但也不乏例外。不过，就像时尚，总有一些特征是主流。

欧洲人，基本是组织者。他们包揽了船上大大小小的监管岗位：机舱、后勤、厨房、计算机。他们通晓如何教人做事，有时候甚至懂得加上几句蛊惑人的理由。

黑人和印度人，负责供餐。他们处理着海量的食品。

亚洲人，承担需巧思敏行的精细活。如果是在地下室里干活，那就更得亚洲人出马，他们在窄小的空间里简直是如鱼得水。你把一个越南人扔到地道里去，他高兴都来不及！

体力活，轮到墨西哥裔美国人上场了……不太清楚为什么。

至于服务员，则非毛里求斯人莫属。你跟他们打过交道吗？他们简直是人中极品！你扇他们一巴掌，他们能依旧笑下去。这都算得上是生理缺陷了吧，某种残疾……也有可能是他们脸上有别人都没有的肌群。这是基因编辑打造出来的，还是经由特殊驯化？我也不清楚。在陆地上，比如说咱们郊区，毛里求斯人如果想往社会上层爬有点难，毕竟他们过分友善。但来了海上，他们可就成了石油大王，所有公司都抢着要，堪称服务界的劳斯莱斯。总之，邮轮出游一定少不了毛里求斯人，就跟一米六的红发鬼绝对进不了NBA一样。这都是颠扑不破的真理！向毛里求斯人致以特别的敬意！

我记下这些是想说明人不是万能的。每个人生下来都各有所长，应该各司其职。

如果是挑一个家伙来跳贴身波扭舞，那最好是加勒比人，让他给你展示一下什么才叫把腰扭到极致。你一看就知道果然名不虚传！相反，要是让一个爱尔兰人或者丹麦人来跳，高下立现，韵味荡然无存！尤其要是那家伙身穿棒针衫，嘴里叼烟斗，那就更别提了！

电影也是同样的道理。兰博，就得史泰龙来演，其他人都演不下来。这就是他的戏。要是换成斯马因[1]，你觉得合适吗？

至于曼德拉，你说是摩根·弗里曼还是伍迪·艾伦来演合适？

这些都完美证明了人不是什么都能做得来的。所谓人生而平等，都是糊弄人的。

*

自助餐架后面便是厨房，十几个家伙在里面忙得不可开交。

人不算多，但够用了，因为公司有个秘密：回收利用宇航员的复水食物。东西一袋袋往巨型平底锅里倒，加点热水，搅一搅就能出锅。这些食物都是在达科他或堪萨斯的工厂里用爱生产出来的，标签上白纸黑字写得清清楚楚。在那些不知道在什么旮旯角落的工厂里，工人就已经开始为邮轮备菜了，个个套着蜂农的防护服，以防细菌有机可乘！你什么也不用担心，只管吃！它们是如此卫生，以至于你会怀疑上厕所还有何意义……

我拿了一个托盘，随手扔在了滑轨上。滑吧，小盘子，呼呼呼，就像冰橇上了赛道一样！能拿什么就拿什么，小孩在商业中

---

[1] Smaïn，**法国喜剧演员。**

心坐旋转木马抓绒球不就是这样,抓到一个算一个![1]

我一通乱拿:橙色的小东西、红色的小玩意(还是温热的)、黄色的小圆球,还有一团绿,它跟波多黎各女人跳大腿舞时扭得天花乱坠的屁股一样动个不停。最后再到"饮料"点停一停,好装上一杯魔法饮料:石化产品加除臭剂配成的奇怪糖浆,兑点水,就有了这杯混合物。

来,哥们,让这股凉流润润你的嗓子!打嗝的时候,甚至还有口香糖的味道!这杯荧光绿的饮料,他们叫它"Mountain Dew"[2]!意为山间瀑布!但你在哪座山上看到过绿色瀑布?当然,电影《阿凡达》不算,我说的是现实生活里……不过,在日本福岛郊区有这种瀑布也不是没可能……但是,一般来说,这都是子虚乌有的东西!别把大自然当成疯子,她不会乱来,她对自己做的事心里有数,才不会给我们人类弄这么丧心病狂的玩意。

我沿着餐厅一条过道开始找座位,在桌子间迂回穿梭,最后停在了一位女士和她的狗面前。

一只小狗!实实在在!全身毛茸茸,口气臭烘烘!你拍拍它脑袋,尾巴就会摇摆不停!什么品种?一种牧羊犬,经常在广告里见。毕竟出了名的听话好管教!你一打响指,它就开始吃狗粮;你拿枪指着它,它就会装死;你要是想的话,它还能给你来一段伦巴。它表现出色的时候,你就得把嘴凑到它闻遍了整个街区狗屎的鼻头上,亲它一下作为奖励。

我远远坐下来。拿起那个红玩意,尝了一口才发现是热狗,

---

[1] 抓到绒球可以免费再坐一回旋转木马。
[2] 百事公司碳酸饮料品牌,中文名为"激浪"。

但感觉就像是在嚼气囊。

离我三张桌子，那个女的正在给狗喂吃的，嘴对嘴地喂！她嘴里咬着一块烤肉凑到小狗面前，小狗直立起来，一口咬过露在她嘴外面的肉。你站在小狗的角度想想，换了你，一女的把东西含在嘴里喂你，你乐意吗？我们又不是什么亚马孙丛林里的原始部落。鸟才喜欢这么啄食，就那种小麻雀……但白痴美国娘们……这画风……

而且她还在用眼角余光看我……看着甜蜜蜜的，却又不是在给我抛媚眼，只是想让我看看她家小狗的本领，想显摆一下自己已经把狗狗驯成了小丑，想拉上我一起笑一笑给它捧场。

有些家伙拿着托盘从她旁边经过时笑开了花。我真想喊一句："别笑了！等会她更起劲了！她本来看着就怪可怜的……"除了脑子有问题，我是想不出其他借口来解释她这行为了。

她发现我在看她，就跟我打起了招呼："嗨，它叫弗卢基！我是布兰达！我们是'布兰达和弗卢基'，负责在船上表演逗客人开心。"

原来是这样，那我懂了！不过，你也没必要给我报履历，我也不在乎。把我当成整天趿拉着洞洞鞋的肥佬了？你以为让小狗伸伸爪子耍耍可爱就能俘获我了？拜托，刀山火海，我什么场面没见过！你要是真想挑弄瓦姆的情绪，骗他几滴眼泪，还是想点其他法子吧！就这还想糊弄我？

我在脑子里发表了一番激情演讲……但我其实没出声……甚至也没敢用法语说出口……这些话还是留给自己吧。都是求生本能在作祟，待在船上，有些话想想就行了，说出口就会带来源源不断的麻烦，别想安生了。

你要是住在底舱，发现你周围的人手里拿的扳手比雷神的锤子还要大，这些道理你很快就会懂了！

"它真棒……"纯粹为了缓和一下气氛。

这女的倒得意地挺起胸来了。她把这当成是邀请，突然兴奋起来，比刚开始更夸张了，双目圆睁，旷野里的野兔被疾驰的车灯晃到时才会把眼睛瞪得这么大。

"等一下，让弗卢基给你表演一下！"

她从挂在椅子上的背包里拿出一顶老式的水手帽，这帽子上面还带了个红色绒球。她把帽子给狗戴上，用松紧带扣牢。接着，她开始跟狗说话了，但那语调就像是把狗当成傻子一样，我的老阿姨中了风之后，我妈就是这么跟她说话的。

"弗、卢、基、快、跟、我、们、的、新、朋、友、问、好！"

小狗开始绕着桌子跑圈。我浑身的肌肉突然紧绷了起来，我从来都不喜欢这种把戏，不定什么时候就会忍不住飞起一脚。幸好，我忍住了，锁住全身。

小狗坐在自己后腿上，举起前爪，一只爪子抬到帽子高度，然后迅速放下，就像是行了一个军礼；接着它又叫了两声，跑回主人那里。这女的赶紧迎接它，手拍得都要癫狂了。

"弗卢基，真棒！做得太好了，你可真棒！"

她开始鼓掌。啪！啪！啪！周边的人也开始鼓掌，卖力地拍手。啪！啪！啪！竟然还有站起来欢呼的！看来这狗堪比迈克尔·杰克逊！比史努比名气更大！

所有人鼓掌的同时还不忘看向我。没办法，我也开始拍手了。毕竟小狗刚才是专门为我表演的。大家的目光纷纷投向我，如同手枪瞄准我的太阳穴一般，我能怎么办，只能开始鼓掌。

啪！啪！啪！来吧，瓦姆！就一起鼓掌吧！啪！啪！啪！
再给加点料："真棒，弗卢基！"

不知道的还以为我是巴黎圣日耳曼队的狂热粉丝，刚看完伊布[1]的一场精彩比赛。布兰达看着我笑开了花。我竖起大拇指，表示"你的狗真的太棒了，简直令人难以置信！"她不好意思了，脸红了起来。女人，就这样！

她起身走了，小狗也跟着走了。

我们肯定后会有期！

毕竟就在同一艘船上。

---

[1] **伊布拉希莫维奇，瑞典足球明星。2011—2016年效力于巴黎圣日曼足球俱乐部。**

圣胡安[1]

海是不乏传说的。

例如,"飞翔的荷兰人"。这不是什么超级英雄,也不是因为可以随心所欲嗑药就搬到阿姆斯特丹来的家伙。这是一艘颇为神秘的船。三百年来,它一直在大洋上,肆意游荡。电影《加勒比海盗》里就有专门致敬它的桥段。

再如,百慕大三角。这是一个不能踏足的禁忌之地,无论何时,无论何由……甚至你最好把我刚才跟你提起那里这件事全忘掉!

再比如说,禁忌词。例如,一旦出海,便不能提及"兔子"二字,否则就会招来横祸。所以,在海上绝对吃不到干烧兔子,当然也吃不上白煮的。

除了这些,更不用说"泰坦尼克"号和冰山,鲁滨逊和他的黑人——他们就像是在希腊米科诺斯岛上戴着草帽度假。还有莫德·丰特努瓦[2],她不喜帆船和汽船,但对桨倒是爱得深沉。还有卡地亚,他先是发现了加拿大,后又投身于珠宝生意[3]。

---

[1] San Juan,波多黎各的首府和最大城市。
[2] Maud Fontenoy,法国运动员,以划船横跨大西洋和太平洋而闻名。
[3] 瓦姆混淆了 1534 年发现并命名加拿大的法国探险家雅克·卡地亚(Jacques Cartier, 1491—1557)和如今的奢侈品品牌卡地亚。

这些大家都听过,我就随口提提。

但我要是说起约翰·库珀(John Cooper),你认识他吗?这名字,对应到法语里,大概就是让·多纳里耶(Jean Tonnelier)[1],这样听来就更像是渺不足道的小人物了。但在这里,谁也不敢直呼其名,说起来都得毕恭毕敬。他可是"海洋之王"上活的传奇,身任高级客舱的乘务员。所谓高级客舱,就是位于高层的复式客舱,自带按摩浴缸和海景露台。而且约翰·库珀有舷窗(hublot)。

"hublot",从餐厅到浴室,这个词传遍了整个底舱。"hublot","John Cooper has a hublot"。我来这的第一天,便知道了"海洋之王"上有这样一个传奇人物约翰·库珀,以及他可是有舷窗的人。

我们在船上卑如鼠蚁,能拥有一扇舷窗简直是最高级别的待遇。你可以眺望大海,观赏海鸥。要是被海鸥的鸟粪砸到脸上,那更值得狂喜一番,毕竟这可是幸运的象征!

不过,后来我才知道这些都是误会!约翰·库珀的"Hublot",根本不是朝海而开的窗口,而是一块价格不菲的手表[2]!与戴这种表的人相比,戴劳力士的人全都像冤大头!

*

约翰·库珀身材不大,像个矮小的墨西哥人,但颇有几分

---

[1] 英语中 Cooper 和法语中 Tonnelier 的本意都是"制桶工人,修桶匠"。
[2] 该品牌中文名为"宇舶"。

"吹牛老爹"肖恩·库姆斯[1]的魅力。他一踏入餐厅,好几百位原本还在吃饭的男男女女便突然石化了,拉闲散闷戛然而止,各自收敛,就连咀嚼仿佛都是不敬,一动不动,一场大型的"一二三,木头人"游戏开场了!

《星球大战》里达斯·维达走进指挥部的时候,所有人都赶紧立正,大气都不敢喘。眼前就是这副景象,所有人噤若寒蝉,寂静中只听见氖灯呲呲作响,空调声隆隆不断,顺着金属横梁传来邮轮推进器的震动,就连饮水杯底荧光苏打水冒气泡的声响都清晰可辨。

那家伙旁若无人地穿过大厅。一身制服早起时便已熨得光滑平整,头发则如同《大都会》里的好色之徒一般,因抹满了发膏而油亮有型。他径直走向自助餐台,拿的全是些咱不吃的食物:一个苹果、一根香蕉、些许奶酪和一瓶矿泉水。

等他落座,其他人才又慢慢活泛起来。举着的勺子结束了运动轨迹,消失在嘴巴里,伸到半途的小叉果断地朝炸鱼条切下。

聊天声又此起彼伏。一切回归正常。

他坐在离我三桌远的地方。我从一个剧院灯光师和一个香肠酒吧身穿奥地利民族服饰的女服务员的夹缝中偷瞄了几眼。这家伙长得跟巴黎博览会上卖机器人的售货员一模一样,我真是纳闷他哪里比我好了……说实话,他跟那些售货员相比就差一条手链而已!

不过,他手腕上虽没有手链,倒有一块宇舶表。他正在啃香蕉,那表就在他那白衬衫的袖口若隐若现,如同隐匿在云层后的

---

1 Sean Combs,美国说唱歌手,演员。"吹牛老爹"是他的艺名。

弯月。

那表据说值一万八千欧！他救了某位阔佬的急，因而得到了这份谢礼；而且那人还不是一般的大户，因在得克萨斯做炼油而发了家致了富，可以说是富可敌国。

当时邮轮在牙买加停靠，那位阔佬下了船，回来之后才发现护照被人偷了。要知道，美国佬可是把护照当成命根子的！两天之后，直升机会来邮轮上接他去墨西哥，那有一份能赚两亿的合同等他去签！没了护照，他就被困在这了。十万火急，又来不及重新申请护照，等新护照到手的时候，这笔大生意没准就被抢走了，毕竟有个委内瑞拉的家伙也眼巴巴盯着这个项目呢。

约翰·库珀，一个小小的乘务员，向大佬打包票说自己能摆平这件事。

邮轮重新起航，约翰留在了码头。

为了找回护照，他到处打听搜罗线索，费了不少酒钱，才锁定了嫌疑人：两个想捞点油水的年轻人偷了护照，待价而沽，想着谁给的钱多就卖给谁。这两个衰人！护照在加勒比又不值钱，这又不是申根区！按约翰·库珀自己说法，他跟他们激烈交锋一番，才把护照要了回来。

接着，他赶紧回到码头，找附近纪念品店里家底最殷实的老板帮忙，从他那租借一辆摩托艇，人家也没法拒绝他。然后，驾驶员驾驶摩托艇载着他，很快就追上邮轮，从摩托艇进出的水密门上了船。身上的制服纹丝不乱。够有型吧，哥们？

这下好了，阔佬连连称谢，两个星期之后还寄来了礼物。一块宇舶表！回报这不就来了！更别说他出名之后，威望也与日俱增！

就连这邮轮公司的老总都称赞了他一番，甚至准备提拔他到劳德代尔堡的公司总部去负责公关工作，配房配车。但这家伙竟然拒绝了！他说天主造他来做现在这份工，所以他更希望待在船上。就跟那些穆斯林一样，美国人也喜欢此类调调，公司上司们好的就是这口。

他现在能月入一万美元！基本工资只有两千五，其他都是靠小费挣来的。

这工资在船上可是一枝独秀，连船长都被他压过去了。

*

约翰·库珀，那就是监狱里的狱霸。你老实听他的，他就会罩着你。要是有什么上船之后必须要结识的人物，那就是他了。我站起身来，壮着胆子走向他："哈喽，我叫瓦姆！"

约翰·库珀翻起眼睛瞥了我一下，一副准备给你下套的奸商嘴脸。他一声不吭，继续削苹果皮，丹尼尔·戴-刘易斯[1]在一部电影里切排骨的时候也是这副模样。他直接当我根本不存在，把我扔在一边。

我真想上去给他几拳："喂，混蛋，我跟你说话呢！不想被打就赶紧给爷来个三跪九叩！哪来的胆子敢把我晾在一边！"

他咬了一口苹果，然后一直嚼啊嚼。等终于咽下去了，嘴巴安分了，他又看了看我，假装才想起我站在跟前。

"我认识你吗？"

---

[1] Daniel Day-Lewis，英国、爱尔兰双国籍电影演员，三届奥斯卡影帝。

"不,不认识,我是百搭。"

我转过身,给他看我写在背上的大字——"百搭"。

他拿着托盘站起身,对我说:"祝你好运!"

走了几步之后,他又回过头来看着我,脸色判若两人,浑身散发着仇恨。他干嘛这么瞪我?我认识他吗?但他肯定认识我。不然谁会这么恶狠狠地盯着一个素昧平生的人!

"我要是你,就换个工作(job)。"他走之前说了一句。

我一片茫然,双臂垂在身体两侧,完全不清楚刚刚是怎么回事。他跟我谈 job,让我换一份其他 job。他口中的"job"可不是卷烟用纸品牌。这建议确实不错!我怎么都没想到!我当然不可能当一辈子的百搭!我恨!我愤愤不平!本来想跟他多说几句,但他已经走远了,剩下我杵在原地。其他人都盯着我看,他们现在都忙着笑话我呢,我这个小透明,竟然自不量力跟老大搭话。他们一个个都在笑,不是德帕迪约[1]也不是怪物史瑞克那种笑,而是胆小鬼猥琐、躲藏的笑,一个个都是伪君子。

当百搭,真是倒八辈子霉了,我成了众人避而远之的麻风病人,成了大家口中的害群之马。比屎还不如。

穿过层层走廊,走回寝室所在的过道,如芒在背,肩上似乎压了千斤重担。真想找个地洞钻进去,要不然滚回我妈的肚子里再造也行。

拉吉夫在过道里。他在门口整理自己的箱子,因为怕吵到其他人睡觉,才特意跑到外面来。一看到我,他那张土邦主的脸又挂上了笑。

---

[1] Gérard Depardieu,法国著名电影演员。

"百搭,赶紧把我的袜子洗了!"他说着把黑不溜秋的袜子递过来。

我假装没听懂,直接扑在了床上。

咬住霉味四溢的枕头,泪水止不住地往外流。

像女的一样哭唧唧。

后来,我睡着了。

*

睡得正香时被火冒三丈的老板吵醒,这样的生死经历你有过吗?

他鼻孔扩张,眼睛涨得通红,扯着嗓子冲你喊。那嗓音简直跟抽了一晚上"玉米"的乔伊·斯塔尔[1]一模一样!波比杀气腾腾地站在我面前!他凶神恶煞的样子,跟在地窖里饿红了眼的比特犬如出一辙,至于他扑向的那碗狗粮,便是我了!

我一睁开眼睛,这家伙便如同汽油弹在丛林上空爆炸一般,满腔的怒火化为四溅的口水喷在我的脸上。

他面色如铅,两瓣唇薄得几乎看不见,仿佛只是脸上叠了两根细棍。瘾君子便是这副模样,嘴唇直接贴在牙齿上。

一场绝佳的独角戏上演了,"绝佳"是因为有激情和愤怒加持,就算是"达人秀"里最难搞的裁判都得起一身鸡皮疙瘩。

我没法完全跟上他,只能听懂一些零星的词句,"别惹我!""该死的王八蛋!""你把我给害惨了!""已经六点了!""除

---

[1] Joey Starr,法国说唱歌手、制片人、演员。

水工！"

然后，他就离开了。

惨白的灯光下，室友纷纷向我投来恶狠狠的目光。一个个把头蒙在被单下，脸色白得宛如在超市结账时从破碎的瓶子里洒出来铺白了传送带的牛奶。他们用传心术发来的咒骂让我不胜其烦。

水牛给我解释了一番波比为什么会突然暴跳如雷：我放了技工师傅的鸽子，六点没去除水。他们一直在等，但除水工迟迟不现身。总之，他们本打算用扳手控制水罐的漏水量，结果只能把时间耗费在除水上面。最后，肥佬们的洗澡水不够，被惹毛了。这问题非同小可！杜绝此类事情的发生是邮轮公司的准则，因为他们会去网上抱怨、打差评，这会有损声誉。不止是在郊区，好名声在哪都至关重要！海上当然也是如此！唯一奇怪的就是，这也等于是说，我这么一个干下等活的无名之辈也能搞臭一艘像"海洋之王"这样的巨轮。

我以前看过一篇文章，它提到小小沙粒就能搞垮一部机器，以及一只小蝴蝶就能掀起大风暴。你知道这个现象吗？一只蝴蝶在澳大利亚扇扇翅膀，就能让西班牙的一列火车脱轨；你在克雷泰伊[1]放一个屁，福岛核电站就让整个日本焦头烂额；你在迈阿密打个喷嚏，"妇科医生"[2]就在油管上跟小矮人一起给你演个两重唱。这就是所谓的因果。

不过，我以前以为那些都是糊弄人的。然而，就现在我对

---

[1] 巴黎大区马恩河谷省的一个市镇。
[2] Doc Gynéco，法国说唱、嘻哈歌手。2013年与美国网红基南·卡希尔（Keenan Cahill，1995—2022）合作出镜。

"海洋之王"声誉的影响来看，我还真得考虑一下那是否有几分道理了。

水牛又把头埋进了被单里，红头怪嘴里嘟嘟囔囔地起床了。他把自己打扮成海盗模样，戴上火枪手的帽子，那帽顶上的几根羽毛看着阴阳怪气的，接着便出了门。他是牙买加酒吧的男招待，要到清晨五点才会回房。

脏乱不堪的床，是专为丧家犬准备的。我很快又睡着了。

托尔托拉岛[1]

早上五点,海盗把我吵醒了。就像"火枪手"[2]旗下的捕捞船载着一公斤能卖十二欧的大比目鱼冲破晨雾,我从迷糊中清醒过来。

灯光照出他一脸垂头丧气的憔悴模样,就像一个刚在甲板上和欧洲海盗干了一架回到底舱的加勒比海盗。他把帽子取下来,放进柜子里,小心翼翼以防压坏了那些羽毛,接着一件衣服都没脱,径直躺下了。他身上味道可真大……火药味和汗味交杂在一起。

这家伙倒头便睡着了。十秒不到,鼾声如雷,如同小车狂飙之后直接杀进停车场熄火一般,立马下线。我心服口服。就算精疲力尽,我也没法一沾枕头就睡,除非抽上一支 M6 号的大麻烟卷。

我下了床。水牛也在打鼾,但拉吉夫醒着。他正在播放器上看宝莱坞电影,虽然戴着耳机但音乐声还是清晰可辨,屏幕上泰米尔人正穿着花花绿绿的长袍在手舞足蹈呢。他看得太入迷了,

---

1 Tortola,英属维尔京群岛面积最大的岛屿。
2 Les Mousquetaires,是一家总部位于法国的大型零售集团,拥有自己的捕捞船队。

以至于都没注意到我。

他头上套了一个类似于渔网的东西,一副要去抢银行的架势。实际上,这东西是保护发型的。在欧洲,只有老奶奶还戴它们,但在印度是男人在用。

运动鞋上脚,百搭服上身,我拿上梳洗包。我身上真是太熏了。腋下都是汗渍,舌头发黏,粘在牙齿上,T恤也湿漉漉的,就像打扫移民劳工宿舍走廊时用的粗麻布拖把。

我从寝室出来,往浴室去。

但里面已经有人了,被黑人纳尔逊和亚洲蒙福占领了。纳尔逊刮胡子,蒙福洗漱,两个人嘴里还不断传出口哨声,真是一对有模有样的老夫妻。

此刻,我要是闭上眼睛,自己再脑补点类似于蒙特卡洛广播电台[1]的背景音,脑中立马就会浮现出父母年轻时候的模样。在我看来,毫无疑问,这两个家伙不是男男,就是感情好到没话说。

他们终于把位子让出来了。浴室就巴掌大的地,塑料淋浴房因积垢而灰溜溜的,再加上一个洗手池,就什么也没了。极简主义!公司果然老谋深算,给这些轮流上工的苦工配那么多洗卫设施干嘛!邮轮上寸土寸金。想捞点油水,那可不得精打细算。我来给你算一笔账。

这条过道里,只有一个两米见方的浴室,等于说,四十个人共享这四平方米。然而,四十个人好歹应当安排两个浴室,也就是八平方米,就这也不多!你发现了这其中的猫腻没?光这一条过道,就省出了四平方米的空间。底舱大概有五十条这样的走

---

[1] 总部位于巴黎的一家商业电台。

廊，粗略一算，单单只看浴室，就偷出了两百平方米！

你懂这其中的利害关系了吗？还不知道？动动你的脑袋瓜！这还只是蝇头小利，还没说到重头戏呢！一间舱房九平，每条走廊配十个，也就是四十个家伙挤在九十平的空间里。可四十个人，给他们两百平不算奢侈吧？你算算！从打工人身上就压榨出了五千平！用来开纪念品商店！游泳池！水疗馆！摩托艇俱乐部！你还可以加上螺旋滑梯！能多放多少冰箱，冰箱里能多放多少食物啊！最后多挣多少钱啊！

所以，底舱人活成了这副熊样，跟歧视无关，都是钱的事。

安圭拉岛 [1]

五点二十五，我到了餐厅。

夜已到了尾声。夜班员工大口吞食着甜甜圈……粉色的。餐厅里齐聚了各部门的人。厨子、机修工、面包师、值班船员……有些人穿着露脐装在溜达，肩上挂着一些花花绿绿的羊毛球。这叫"开襟短背心"，风格上与《野蛮人柯南》相去甚远。他们都是曼波俱乐部的工作人员。那个鬼地方船上无人不知，是"海洋之王"上每天最后一处熄灯送客的地方，比爵士音乐厅和迪斯科舞厅都要晚。

这俱乐部能火爆全船，制胜法宝就是这些员工。你好好看看那些家伙，个个样貌非凡！超模脸和古希腊雕塑般的身躯，珠联璧合，相得益彰；肌肉健硕，笑容邪魅，裤子里的家伙更是和罗科[2]不相上下。他们这种人的存在简直就是对别人的侮辱，对千千万万像我一样的普通人的暴击。单看体魄，你站在他们身边就已经无地自容了。而他们只要愿意开口随意跟你搭一句话，就能让你觉得自己渺小到尘埃里去了。

---

1 Anguilla，英国海外领土。
2 Rocco Siffredi，意大利色情片男演员。

在船上，所有事情都是盘算好的，得有战略眼光。

曼波俱乐部的员工是从阿根廷招过来的，因为据说阿根廷美男天下第一。他们原本都是布宜诺斯艾利斯当地舞蹈俱乐部里的成员，现在被请到"海洋之王"上来跳舞，个个拿高薪，轻轻松松月入三千美刀。在瑞奇·马丁[1]和《曼波五号》的乐曲声中扭屁股倒也值这个数！

目标客户：那些孤身一人上船的女人。她们最后都会出现在曼波俱乐部。阿根廷美男要做的，就是给她们造一个梦，让她们尽情舞蹈，让她们享受从来没有过的待遇，让她们感觉自己成了公主。她们嘴上挂满了笑，下船时脑子里满是回忆，手机里也尽是狂欢时的点滴；等回到怀俄明乡下，她们乐此不疲地跟其他女人吹嘘自己的梦。第二天，那些单身女人——有些是单身妈妈，就开始精打细算，准备攒钱了，毕竟谁不想做一场这样的梦呢！

这场梦现在就在离我五桌远的地方。氖灯下，是这场梦的幕后部分。这些画中人每人一杯插着吸管的思慕雪放在跟前，但个个拉着长脸，你瞪我，我瞪你，像娘们一样操着一口西班牙语对骂，神似干架的吉娃娃。身高一米九、天神身材的吉娃娃。很快，吉娃娃们就去休息了，一个接一个排着队……你能想象那画面吗？

*

我刚吃完米蛋糕，波比就在我对面坐下了；像埃及法老一样

---

[1] Ricky Martin，波多黎各裔国际传奇流行音乐巨星。

正襟危坐，反复打量着我。随后，他拿出一张纸，啪的摔在桌子上："这是你唯一的机会！"

这纸上写了我一天的工作安排，所谓"百搭日"！早上六点半到晚上十点，真够长的！

"十点？这是指晚上十点，对吧？"

"你最好现在就开始，今天一整天我都会盯着你的！"说完他就走开了。

我赶紧看看都给我安排了什么活。铲水擦地，这活我拿手，这就已经两趟了，九点半一次，五点半一次。中间的其他时段，安排也是满满当当的，但光看文字也不清楚究竟是什么活。每项任务旁边都留了一个备注框，标注了一些必要信息，比如我得到哪个办公室去，走哪条道，为谁干活。第一行标的就是："七点：甲板服务员助手"。

走吧！我找一下位置在哪：要向上走六层，往船尾方向去。我站起身来。这地方就是现实版的"城堡探险"！不想被淘汰，就得一路闯关。波比就是总裁判。他果然盯着我：双手胸前一叉，正站在自动饮料机旁边看着我。不知道他是有什么话想跟我说，还是只是在盯梢。我迟疑了一下，还是走了过去。他摇了摇头，手指敲敲表，又抬起头看了一眼自助餐柜滑轨上的时钟。显然，他是不会放过我了，让我喘口气都不行。他就等着看我出错，好来挫挫我的锐气。等我这点自信被磨光了之后，他就会把我撵走。他有这个权力。我感觉得到。

一盏盏灯向后退去。上楼梯，下楼梯，我完全不知道自己身处何处。走廊里挤满了刚醒来的人，波比跟屁虫就在我身后，隔了大概二十米。

我花了十五分钟走到了要当"甲板服务员助手"的地方。这地方，湿气氤氲，热似丛林……感觉头上顶着一池水。就连天花板都在滴水，就像从钟乳石上滴下来似的。上面是个泳池。我敲了敲门。门开了，面前站了一个墨西哥人，分明就是八字胡版佩皮托[1]。他胸牌上写着"迭戈　甲板服务员"，其实就相当于"海洋之王"上的清洁女工，负责打扫泳池。那些肥佬喜欢脱了鞋猛地扎进泳池里去，比拼谁激起的水花更大。

"百搭？"他问。

我没出声，转过去把后背亮给他看，左左右右，上上下下。他看到我的大号了。

"那……"迭戈跟我解释我要做什么。地上放了二十个盒子，分蓝白两种；蓝盒子里有一把由塑料支架保护起来的刷子，盒子侧边写着"游泳池清洁 1800"，而白盒子上写的则是"顶窗"。

"这是清洁游泳池的机器人，白的用来刷窗子。"他跟我说。

机器人？这是机器人啊！一个水下吸尘，一个捉虫子！

"海洋之王"上有四个游泳池和十几个泡泡池。夜深人静的时候，机器人便开始工作。早上六点，迭戈把它们全都收回来，带到工作间清空杂物清洗干净。这是早上的任务。晚上则回收那些白天清洁玻璃窗的机器人。把吸盘洗干净，灌进一种无泡蓝色清洁剂去油污。

他教我怎么检查泳池机器人肚子里的杂物。取下防护罩，里面有个类似过滤网的东西，往外倾倒，机器人工作期间扫进的各类奇珍异宝便一股脑儿掉在桌子上了。

---

[1] 法国 LU 饼干旗下品牌 Pépito 包装上的同名墨西哥少年形象。

你有想过游泳池里会有什么吗？这跟考古倒有几分相似，你找到的每一件物品都能讲出一个故事来。当然，有些是常见之物，比如那些二十五美分的硬币，但也不乏其他珍宝。桌上掉了一个棉质的小件，我拿起来看了看。

迭戈赶忙说："别！"

他把垃圾袋伸过来，我赶紧扔掉了。他边笑边把手放在他的小老二上比划。啊！卫生棉条！我竟然手套都没戴，就跟一个二傻子一样乱拿乱摸！一阵恶心，肚子里突然起了一个嗝，在我的门牙上撞了个粉身碎骨。

池子里也有些自然物，我们发现了一只已经咽气的小青蛙，用专业术语来说应该是"蝌蚪"。奇怪了，船上怎么会有青蛙？迭戈解释说每次邮轮中途停靠的时候，有些候鸟就会成群结队地飞到泳池这边来：它们把这当成池塘了。不过误会从不持久。它们会闻出漂白水的味儿，而等肥佬开始往水里蹦，它们便不再逗留，赶紧飞走！不要把它们当傻子！不过，它们总会在水面上给你留一点见面礼：谷子、卵……蝌蚪就是这么来的，最后被机器人吸入腹中。

迭戈让我清理剩下的机器人。他去一张工作台前的凳子上坐下，拆开一台机器动手修理，嘴里还吹起了口哨，不过就一个调子，反反复复吹来吹去。这倒是一首颇有名气的曲子，以前去露营的时候听得多。就是《吉娃娃》！他兴致来了真是一刻不停！我还是赶紧干活吧，不然我都要被洗脑了。我清空所有机器人里的杂物，给它们冲水，好洗掉漂白剂。整个人乐在其中，纯当自己在寻宝。这样想的话，泳池清洁机就等于是一个健达奇趣蛋，你永远不知道自己会在里面找到什么。我在第四个机器人里发现了一个泳衣扣。还有一枚戒指！极品！金戒指！它就那么傲立在我的指尖上，熠熠生辉，仿佛泥沙里的一粒金屑。就算我不是安特卫普来的行家，真宝贝和超市扭蛋机吐出的垃圾玩意之间的区别我还是看得出的。盯着这戒指看得越久，心里越发难过了起来。鉴于这指环的尺寸，它的主人不是某位大腹便便的夫人，就是绿巨人浩克。我妈以前也有一个这样的戒指，是我爸送给她的婚戒。但后来我爸离开了我们母子俩，她手头紧张就把戒指给卖了，到手两千欧，够我们吃了半年。想起我妈了！要是我能把这送给她，她肯定乐坏了。

此刻，我妈的幸福就在我的指尖闪耀。刹那间，我看见她了。天花板上落下的水滴里浮现出彩虹，她就在那里，但她什么也没说，只是摇了摇头就走了。

"迭戈！"我叫了一声。

他停下了口哨，转向我。戒指在我的手上闪闪发光。

"我找到了这个！"

他一句话也没说，拿走戒指放在了工作台上，接着又吹起了口哨，继续忙活自己的事。

那个瞬间，我心里五味杂陈，茫然若失。我真是自讨苦吃！迭戈这下肯定会把戒指占为己有，转头就去卖个好价钱。等拿到钱，他就回去建设他的穷苦家乡，先给自己买一辆二手的道奇，再用剩下的钱给他一家老小建一栋简陋的房子。

我正想去责问他一番，但门突然开了，波比来了——来去无踪，他是超人吗？

"事情还顺利吗？"波比目不转睛地盯着我，那眼神就跟警察得了消息知道你私藏大麻但又不知道从哪开始搜一样。我跪在那些机器人前头不敢乱动，等待判决。要是迭戈跟他说，我活干得太差，我就会被扔回岸上了。我惴惴不安，心想要是你的人生就掌握在一个只会吹《吉娃娃》的人手里，倒也是天下奇闻了！不过，爷什么大风大浪没见过。

"挺好的。"迭戈回了一句。

他用头指了指桌上的戒指，波比把它拿走了。

"等会要去除水，别迟到！"

他一边盯着我，一边把戒指套在了手指上。原来这是一个局！我不还回去，立马就会被扔回岸上！突然整个人丢了魂，不能自已；只能学着运动员，赶紧大口大口地吸气。潮味一下子就填满了我的身体，就像氢气充入气球。这哪里是"海洋之王"，分明是弗勒里 - 梅洛吉斯的监狱[1]。

你看过《悲惨世界》吗？书里有个人因为偷了奶油面包而蹲了二十年的监狱。他叫让让。有个狗娘养的老是阴魂不散地追着他不放，他叫雅拉贝尔[2]。我，我不就是活生生的让让！波比，就是雅拉贝尔！他妈的！他就是那种会偷偷在你的箱子里藏毒品然后去船长那告发你的人。

我也没法专心干活了，心烦意乱，想七想八。感谢我妈刚刚救了我一把。如果我想着她，事情就都会好起来的。她可是我妈。谁会对自己的孩子不管不顾呢！这可是人的天性！

八点半，活干完了。迭戈过来看了一眼，就让我走了。他得忙自己的工作。很快就会有人来游泳了，甲板服务员得原地待

---

[1] 欧洲最大的监狱，位于巴黎大区埃松省。
[2] 瓦姆把让·瓦尔让称为"让让"，把追捕他的沙威称为"雅拉贝尔"。法国有一名著名自行车运动员叫雅拉贝尔（Laurent Jalabert）。

命，时刻关注现场的卫生状况。

给门上锁之前，他往身上抹了一些美黑霜，我也想抹。

"明天也来？"他问我。

"嗯嗯。"

他戴上一副墨镜，那玩意看着不伦不类的，不是苍蝇镜，又不像电焊镜；接着，套上一顶阔边遮阳帽，他就走了。

他往有光的地方去了。

而我，还是要回到黑暗里。

楼梯下了一层又一层，回到船底。

"海洋之王"在等着它的除水工呢。

菲利普斯堡

我准时到了黑家伙的地盘。前一天放了人家鸽子,现在有点忐忑不安,就像有人说的,怕了。他闷不吭声,给我指了指刮水拖把,就回去拧螺栓了。他没凶我,我才松了一口气。

于是,干活的时候兴致高了几分,我把自己当成了刮水界的扛把子。想想电影里,摩根·弗里曼天天在仓库拖地——那部他演上帝的片子,我,当然就是海洋的主人!海神尼普顿!吱——刮水拖把划过地面,哗——水流进排水沟,嘭嘭嘭——从顶梁传来船舶推进器的震动声,各种声音交织在一起,抑扬顿挫。

"吱——哗——嘭嘭嘭……吱——哗——嘭嘭嘭……"

歌曲小样成型了!先循环录制,再请库塔[1]来做混音,自己添点例如"洗刷匠,洗刷匠,不要停!"这样的歌词,最后让黑眼豆豆[2]里那个红发辣妹来唱,这样你就能席卷美国各大音乐榜单了!

再听一遍:"吱——!洗刷匠!哗——!洗刷匠!嘭嘭嘭!你就是洗刷匠!"这歌确实不错,我都在脑子里单曲循环了。时

---

[1] David Guetta,法国DJ、音乐制作人、歌手。
[2] Black Eyed Peas,一支来自美国洛杉矶的嘻哈流行音乐乐队。

钟转啊转，脑袋沉又沉，刷啊刷，乐啊乐。

水量逐渐小了：用水高峰已过，水压低了，"哗"变得稀疏，"嘭嘭嘭"也慢慢隐去，仿佛刚听完一首歌，余音未散。对，"洗刷匠！"

几个墨西哥裔的员工把抹布铺在管子上，收好工具。黑家伙过来了："我们准备去餐厅，你一起吗？"

我瞄了一眼自己的工作安排，扫了一眼时间：下一项工作开始前还有一点时间，能偷十五分钟的懒。

"好啊！"

*

又回到了自助餐厅！我感觉来来回回只看见它；就好比，人在国外，迟早得去大使馆。不过，第一次，我终于不是一个人孤零零占一张桌子了，有老大带着我一起玩了。

这时我才意识到，食堂这地方也分区，四块地盘，不同部落各据一方，界限分明，毫不含糊。

我自然是跟硬汉为伍，机修工、水管工、洗衣工、摩托艇驾驶员、电工，所谓男人的世界。空气里交杂着汗味、机油味，工装上的油渍、汗渍在眼前晃动。他们笑声不断。我根本听不懂他们在说什么，但我喜欢待在这；尤其黑家伙愿意带着我一块玩，我对他感恩非浅。

人丁最兴旺的是服务人员。形形色色，来自各个角落。餐厅有调酒师、服务员、服务员领班；客房部有门童、服务员、礼仪小姐……还有其他人，一些细分岗位：救生员、美发师、美容师、水疗师、赌场荷官、岸上观光导游、咖啡师、纪念品小贩、做华夫饼的……

离餐厅正门最近的是娱乐艺人，都是一些想出人头地的艺术家。其实说白了，也就是一些卖着笑脸讨大人物开心的小丑！DJ、阿根廷人、在甲板上组织游戏的主持人、专门请来热场子的气氛组、逗小孩开心的玩偶扮演者，还有魔术师、乐手、喜剧演员，以及布兰达和弗卢基。

另一头则全是重要人物，各类驰骋海上的风云人物，真正的海员，没人敢跟他们搭话：无线电报务员、船长和乘组、水手长、水手、高级船员和学徒。

大家井水不犯河水。在印度，这种模式叫种姓制度，人人各安其位，达官贵人和低等贱民泾渭分明，各据一方。我只是打个比方。不过，船上的情形可能更像监狱：穆斯林关在这边，高卢人关在那头，顶上是牢房看守，技工则在一个独立的区域。

在这艘船上，只有两个人可以自如来往于各个群体之间，一个很显然是船长，至于另一个，就是百搭！就是我！我可没糊弄你！既然不在任何特定团体里，那自然是在哪都行。

实际上就像一个吉祥物。

*

黑巨人坐在我对面用勺吃豆子。简直叫人肃然起敬。他吃起来一板一眼：起勺，张嘴，咀嚼，活脱一机器人。我这要是赌马，按顺序压中前三名，稳稳的三重彩！

他闻起来就像是稀树草原。可不是那款同名的夹心饼干，而是多沙、炽热的那种地方……真正的热，温暖身体、升华灵魂的热。

他的一生都藏在那双绿眸子里了。小时候，他想必曾在非洲的大草原上奔跑。缠腰布遮住下体，他就藏在灌木丛里，躲着前方不远处的野象群。晚上，他的爷爷想必会坐在一整盘的甘薯和油炸薯丸前，给他讲述巫师的故事。他总能带给我无穷遐想！我喜欢这个黑家伙，太喜欢他了。

"兄弟，给我再拿一罐根汁啤酒。"他对一个一起工作的家伙说。

那个墨西哥人起身去自助餐台帮他拿。他说话的语气不像是警察下命令，反而是敬意与威严并存。所以那个家伙甘心顺从，完全不觉得自己是在跑腿，倒觉得自己是在赠人玫瑰，成人之美。

"你呢？你哪来的？"他问我。

通常，我不喜欢回答一些查户口式的问题，但这次，我爽快地回应了："我是瓦姆，法国来的。"

他笑了起来，电影《暮光之城》里那种微笑，带着几分神秘，几分怀疑。我赶紧多问一句，免得才说了一句就沉默了。

"你呢？你叫什么啊？"

留着八字胡的小徒弟回来了，刚把酒放下，易拉罐就消失在了黑巨人的巨掌中。等小徒弟坐下，开始用金牙吃他的辣肉馅卷饼，黑大个已经闷完了这一罐。

"弗朗西斯·罗比乔德。"

他看着我，眼睛里带着笑意。我可不想说错话惹他不快，所以小心翼翼，察言观色。他这副大块头能镇住所有暴脾气的家伙。

"这是个法国名字？"我说起了法语。

弗朗西斯皱起了眉："什么？"

"法国人？你是法国人吗？"

"不是，美国人！我在路易斯安那长大。这地原来是法国的，后来拿破仑把它卖给美国了！"

我听得一知半解的，逐渐心烦意乱起来，那感觉就像等你到了勃朗峰隧道里才意识到手机运营商又糊弄你办了一个劣质套餐，听人说话都听不全。

"这就是生活。"他又说了一句。

他用法语跟我说话了！而且这法语还不是我这个高中学历船役囚犯的郊区法语，这可是巴尔扎克纯正的文学法语！

"我祖上有些人讲法语。"

我凝视着他，仿佛看到一个幽灵。他解释说："我的祖先被英国人从加拿大的阿卡迪亚驱赶到路易斯安那。我的曾曾曾爷爷叫凯尔格列克，这是布列塔尼姓氏，对吧？"

说实话，眼前这般光景太过美好以至于我总感觉这是一个恶作剧。哪里有个隐藏摄像头吗？

"哦……'耶'……我想说：对的。"

"雷恩、布雷斯特、潘波勒……布列塔尼就是这些地方吧？"

他注视着灯，大声列举，但舀豆子吃的手没停下。

"没错！没错！"

"那里的人喜欢吃可丽饼、喝苹果酒？"

"是啊。"我的大脑飞速运转，如同骑着一辆川崎大火神在环城大道飞驰，警察就跟在屁股后面穷追不舍！我赶紧灌了一大杯汽水压压惊。

"我觉得'大全套'[1]是一绝!"

他不懂我在说什么,眼神困惑了起来。我怕他不自在,就赶紧换个话题,抛出一个简单明了的玩笑。

"我刚刚想说的是,船上有布列塔尼人,这倒不是什么稀罕事!"

这一下戳中了他的笑点,他发出一阵食人魔般的狂笑,笑声撞到墙和柱子上,又回到了耳朵里。

离我们十桌远的地方,弗卢基趴在地上,大鼻头靠在两只前爪中间。

"不过你怎么会是……"我没敢把"黑人"这个词说出口,美国人似乎都不喜欢谈论肤色。

"你想说'黑鬼'?"

"呃……你自己说的!"

他又笑了起来,说那个年代,美国南部都是穷乡僻壤,黑人白人厮混远不是什么轰动的大新闻。跟矫情的英国人截然不同,法国人并不忌讳跟当地人同床共枕。

"那个时候,就算在加拿大,法国人跟土著也有不少往来,你知道《风中奇缘》里的那个印第安公主也说法语吗?"

要消化他说的这些对我来说可是困难重重,我只能尽力而为。他一直用法语跟我说话,看来,他对我的语言情有独钟!明摆着的!字字句句,情真意切。

弗兰西斯家是做轮船生意的,家财万贯;密西西比河上来往的很多轮船都是他爸公司的。这是些用桨轮推进的巨船,其中

---

[1] Crêpe complète,指加了火腿、鸡蛋、奶酪等所有配料的可丽饼。

部分用作水上赌场！他爸希望他到船上来干一些粗活重活，好好感受一下工作是怎么回事，他可不想把家业交到一个无能之辈手里。

原来这家伙富甲一方，现在来体验劳苦大众的生活，为了以后生意场上游刃有余。而且他说起法语来就跟密特朗一样有板有眼，头头是道！

"你呢，瓦姆，你怎么跑到这个倒霉地方来了？"

我正准备回答，两只拳头突然杵到了桌子上。我认得，那是"雅拉贝尔"波比的手。我一抬头，刚好跟他对视。他身上散发着怒气。

"这不是你该休息的时间！"

弗兰西斯赶紧救场："我邀请他跟我们一起过来的。"

"他不知道说不吗！他一点才能吃饭。"波比毫不客气。

弗兰西斯也不好再多说什么，不过他看我的眼神倒像是把我当成自家兄弟了。我整个人都被吓傻了，以至于张口结舌说不出话，就像是小屁孩还没到点就去厨房偷拿蛋糕然后被逮了个正着。

波比押送我到门口。真是丢人现眼，尤其是在这大庭广众之下，这样一来我更没什么名声可言了。

生活里，名声这东西是安身立命的根本；在船上干活当然也是如此。至于当百搭，跟打游戏也是一回事。比如说在《魔兽争霸》或者《侠盗猎车手》里闯关。你进入游戏，一开始技不如人，巫师学徒、巫师、骑士、怪物，都打不动。你毫无还击之力，就只能一直被人踩在脚底。死了一局又重来，屡战屡败，屡败屡战，等你终于把武器赢到手，你就可以去换钱，接着买杀伤力更强的武器。往后你的装备越来越锐不可当,其他玩家也才会越来越把你当回事。

其实,女人方面也是同样的道理。手淫只是入门级别,要打到施特劳斯-卡恩[1]那程度才算全部通关!

在"海洋之王"上,波比就是老大,他想把我怎么样就能怎么样,就跟把当家花魁攥在手掌心的阿尔巴尼亚妓院老板一样,权力大着呢。

到了走廊,他把手伸过来:"工作安排呢?"

粗大的手指头指了指下一处工作地点:"保洁部!十分钟之内到!快!快!快!"

我赶紧离开。"城堡探险"紧张的背景音乐在脑中响起。我跑起来,波比一直盯着我,我的后背仿佛被导弹瞄准了一般。我往右边的长廊去,下了两层金属楼梯,背后还是火辣辣的,总觉得他阴魂不散。

---

[1] Dominique Strauss-Kahn,法国经济学家,政客,国际货币基金组织前总裁。2011年,多名女性称遭其性骚扰,甚至强奸。其政治生命黯然终结。

居斯塔维亚[1]

我来到地下四层。

一群家伙正吵得难分难解。

三个家伙身着蓝工装,头戴黄头盔。还有一个穿着随意。是史蒂夫,船上的总工程师,长了一副会计的样子。

他看到我来了,脸上挂起笑,看着像是把我当成了他的好兄弟,其实都是笑里藏刀罢了。

"嗨,你能找到这太好了!"

三位技工走开了,史蒂夫简单介绍了一下我的任务。我根本听不懂!他开始动手比划:用手捂住嘴巴,飞快张开手指,又迅速合上——要是再配上怪异的鬼脸,他就跟万圣节硬石餐厅里的吸血鬼没什么两样了。

"什么?"我问。

地上摆着一个小箱子。

他蹲下去。咔嗒!箱子开了。他瞄了我一眼,示意我走近看看里面藏了什么。我脊背突然升起一阵寒意,感觉和一个还未完成交付的任务倒先把他的杀人计划和盘托出的杀手站在了一起。

---

[1] Gustavia,法国海外领地圣巴泰勒米的首府。

他摊开箱子，一双厚实的红色橡胶手套摆在最上面。不是洗碗手套。你一拿起来就知道这手套非同一般，它们估计得有一吨重。戴上它们，铀（uranium）啦，钋（polonium）啦，天兰葵（géraniums）啦，你都能直接上手拿，百毒不侵。

拿开手套，掀起一层泡沫盖，下面是一个标着个骷髅头的卡其色喷雾罐。而旁边的泡沫盒里，一副真正的防毒面具：消防员的呼吸面罩和滑雪护目镜的结合。

我突然惶恐不安了起来，想当初萨达姆给库尔德人的献礼便是想用化学武器将他们赶尽杀绝。

史蒂夫把面具塞给我，自己戴上手套；接着，他捡起那罐死亡喷雾，脸上满溢着掌权者癫狂病态的得意和威风。

他走到一个门上贴着黄色三角标志的水密门前。标志上画着一个被闪电击中的小人，怕有人看不懂画，下面还特意用英语标注了"有电危险"的字样。

他打开门，四周昏暗，些许微光卖力地闪动着，小红灯，小绿灯，来自贴墙摆放的十几个配电柜。这里酷热难耐。原来是一个迷你电站……大型的迷你电站。

他开灯的刹那，我以为自己在做梦。四下逃窜！蟑螂成群！成百上千！跟我第一天在寝室里看到的蟑螂一模一样，大抵是一家子。

肯定是一家子。个个通体橙黄，汤匙大小。肆无忌惮地到处乱跑，狗娘养的！

它们东逃西窜，躲到柜子下，逃到格栅地板下，爬到那些不见光的暗处去。郊区空地上那群爱打群架的疯子看到防暴警察冲锋也是这般德行。

史蒂夫把喷雾放在格栅地板上,它随着不远处推进器的轰鸣微微晃动。

"看好!"他说道。

我在他旁边蹲下来。喷雾上标着两根箭头,盖子上一根,罐子上一根,只要把盖子上的箭头转到与下面的箭头对齐,就能把在里面沉睡的杀虫怪放出来。

"动了这个盖子,就会有精灵从这个罐子里出来?"

我想问他是不是擦擦这罐子,就会有精灵跑出来。原本想开一个小玩笑放松一下。结果,他什么反应也没有,只扫了我一眼,笑都没笑一下。

"为什么?"

死板如他,我也不多做挣扎了。

"抱歉!没什么!"

不过他早把这件事抛之脑后了,一门心思干活。他小心翼翼地摆好那瓶喷雾,仿佛那是硝化甘油炸弹似的。

"等一下!"

他边说边把手套扔给我,自己快马加鞭跑到门口,催促我赶紧把面具戴上。

"就现在,快转动瓶盖,让上下箭头对齐!"

他两只手不断地比划来比划去,像是给奥朗德助选的拉拉队!

转动瓶盖,咔哒一声,就像拧开了番茄酱罐头。还好,没过期。

罐子开始嘶嘶作响,白烟滚滚,浓得如同瘾君子在吞云吐雾。

"快出来!"史蒂夫大叫。

我后脚刚迈出来,这家伙就砰的关上了门!真是个疯子!

"干得不错！"

我把面具取下来，凉意扑面而来。尽管气味刺鼻，我还是用力猛吸了几口，外星人刚到地球不也得这么干。

"得等一个小时！"

通过门上的圆窗就能欣赏此刻房间内的大屠杀。

贴在窗边的史蒂夫必然是对这场景情有独钟。"我的天，真够惨的！"他说着两眼放光，脸上划过一抹奸笑。

"你来看啊！"

该我观赏了。

说实话，奇怪的景象我也不是没见过，但眼前这场景……蟑螂从各个洞里跑出来，在地上漫无目的地乱爬，在格栅上绕来绕去。数量之多，已经铺满了整个地面！这些王八蛋甚至被烟熏得越爬越快！

乱跑乱窜两米左右，它们会突然止步，仿佛受到当头一棒……"一二三，木头人"，全都僵在那儿，接着，翻过身来，四脚朝天乱蹬，尽是如同被电棍击中而备受折磨的惨状。

史蒂夫却看得津津有味，眼睛都在发光，如同趴在罐头前的猫一般，没完没了地用舌头舔着嘴唇。

突然间，我弄不清当下最让我别扭的是什么了……是窗后的大屠杀——虽然蟑螂本非善类，还是眼前这个看着它们一点点断气、欣喜若狂的人……

史蒂夫心满意足，只等着浓烟把蟑螂赶尽杀绝。这期间，他跟我讲起了船上的心腹之患：害虫。

现在是蟑螂，以前则是老鼠。老鼠什么都咬，绳子、食物……所以船出海时一般都会带上猫，让它们把守货舱。但凡老鼠有点风吹草动，猫大人就会让它们吃不了兜着走。

后来，时代变了，船变了，麻烦自然也变了。

今天，即便是世界上最大的船，也免不了陷入虫子的汪洋大海，就像一座被围攻的城堡！千里之堤，溃于蚁穴。问题在于数量。

蟑螂，就算它们没什么政治纲领，占据温暖潮湿的地盘仍是它们的天性。

"还必须是阴暗的地方！"这位工程师兼心理学家补充道。

确实，蟑螂对光深恶痛绝；夜店咖和哥特粉也是如此。梅朗雄[1]想必也一样，因为他脸色惨白，虽不缺胆量，但始终面如土色。

所以，电器、制冰机、咖啡机，甚至是冰箱的压缩机里，你都能发现蟑螂的踪迹。而"海洋之王"这样的巨轮，温度适宜，湿度得当，再加上不计其数的配电柜，可谓是蟑螂的天堂！但天堂跟地狱可能就差了一个史蒂夫！

一小时之后，浓烟散尽，该打扫战场了。

透过窗子往里一看，尸横遍地，数不胜数！

铲子！扫帚！瓦姆！快扫！

扫进垃圾袋里！大号垃圾袋，不是超市那种！容量五十升的垃圾袋，我塞了满满三袋。那个精神病就趴在窗边看戏，看着我一个人戴着面具清理残局。我敢打赌，这场景一定让他性趣盎然！

我收拾完，把袋子拿出来，他盯着那些袋子笑了起来。随后，他的嘴唇动了几动但没出声，估计在数尸体数量，等会数完

---

[1] Jean-Luc Mélenchon，法国左翼政治人物，多次参加总统竞选。

记到笔记本上，好让自己再接再厉，下次更上一层楼！

他还真拿出一个本子记上了！他说这样心里有个数，方便按需购买灭虫喷雾。

"这几袋怎么办？"

"这几袋啊？不用担心，今晚会有人把它们扔到海里去的！"

按照规程，到了晚上，以避免被肥佬们发现，会有专人进行抛尸，让海洋成为它们的最终归宿。

海豚飞宝[1]一定能大快朵颐。海豚吃蟑螂应该就像人吃薯片吧……

"那些鱼可有得乐了！"史蒂夫说完笑了笑，"再见！"

他把面具和手套放回箱子，整理起箱子来他倒是一丝不苟，仿佛是跟同伴野餐完便精细入微地往篮子里收拾物品的小姑娘家。

另外三个头戴黄头盔的技工回来了，按下某个按钮，空调重新开始运转。

我刚刚做完了今天的第三份工。

下午一点了，我并不觉得饿……

*

我就在楼梯上查看下一份工是什么。仿佛是为了配合推进器的隆隆作响，我头顶上的灯也噼噼啪啪。

三十分钟之后，我要去中央厨房打下手，在那待两个多小

---

1 电影《海豚的故事》(*Flipper*)中的角色。

时；然后下午五点接着去除水。体态臃肿的肥佬在莲蓬头下冲水沐浴，而我却要在他们底下三十米的地方刮水擦地。

坐在楼梯的金属踏板上，我看着顶上透过有机玻璃罩映照下来的光线摇来晃去。沾上这周遭的潮气，我这苦役犯的制服更重了几分；脑袋也越来越沉，靠在交叉的胳膊上，想浅睡一会，但总感觉哪里有异。

我猛地站起来，有哪里不对劲！不清楚问题所在，我心神不宁，如同埃夫里清真寺顶上随风而动的新月形风标一般四处张望。

我知道了：推进器停下了，轮机的声音听不见了。

自我上船起，那种震动声便跟我朝夕相伴，形影不离：走路的时候脚底是它，手贴近墙的时候手心是它，就连我晚上躺在床上的时候，它也会轻轻地晃动着我，不离我左右。

它已然成了我的第二颗心！这就是问题所在！

我已经被这艘船迷了心智，完全臣服于它了！如果它停滞不动，我竟然感觉自己也快窒息了。

这就是"第一次停靠效应"。

虽然同我一样成百上千的底下人只能待在这底舱里，但知道船体一侧几百米远的地方便是陆地让人备感欣慰。

我浮想联翩，但也只能是胡思乱想。

想到肥佬下船的时候，码头上会有人在汽油桶上擂鼓相迎，我也觉得开心。因为，闭上眼睛，我也跟他们一起下船了。

热浪随阳光撒到身上，鲜果的清香扑鼻而来，百加得朗姆酒从瓶中溢出的香气熏人欲醉。

酒液流进高脚杯，冰块在杯底玎琤作响。小城的房屋五彩斑斓,淡雅粉、杏仁绿、晴天蓝,应有尽有……肥佬大摇大摆地走在路中间,神似感恩节大巡游时走在奥巴马前面的火鸡方阵。

我想象,阔边遮阳帽下的他们,肤色泛红,因厚厚的防晒霜而油光满面。腋下满是汗渍。一路走来,手里拎的纪念品越来越多,越来越重。

我仿佛看到他们的眼睛,在大如悍马挡风玻璃般的眼镜后熠熠生辉。奥黛丽·皮尔瓦[1]也有同款眼镜!

他们远离了一切,远离了明尼苏达州印第安纳穷困潦倒的郊区……

他们乐而忘返,这是他们期待了一生的旅行。

他们穿过一条条街道,附近成群的孩子向他们招手问好,当然也不乏在他们背后竖中指的捣蛋鬼。

洞洞鞋里,脚上已经闷出了汗。

所以他们要回港口坐下。棕榈树在风中婆娑。面对着大海和邮轮,他们坐在树下剥虾尝鲜……

短短几秒,我已经乐此不彼,做梦都想成为一个穿卡骆驰的肥佬了!以我妈的名义发誓!

"你没事吧?"

我睁开眼,眼前是全景的波比或者说雅拉贝尔。

"没事!"

"厨师在等你了。记好怎么走。"

---

[1] Audrey Pulvar,法国新闻记者,电视和广播主持人。

巴斯特尔[1]

凡是加勒比海的海上巡游,都有一个经典项目:停靠私人岛屿。巴哈马坐拥几百座岛屿,有像拿骚所在的新普罗维登斯这样的大岛,而散布在大岛周边的数百座无人踏足的小岛就是郊区。

政府有时靠卖岛赚钱。你大笔一挥签一张巨额支票,就可以在荒岛上当一整年的鲁滨逊。岛就是你自己的家!最近的邻居都在五公里外。

实际上,美国买岛的明星不在少数。最为人所知的莫过于凡妮莎·帕拉迪(Vanessa Paradis)的前男友。这位笑起来神似海绵宝宝的法国女歌手的前男友——约翰尼·德普,名下就有一座荒无人烟的小岛,据说是用拍《加勒比海盗》的片酬买的……所以,这是对电影的致敬吧!

这等好事,邮轮公司自然也少不了进来分一杯羹。他们热衷于怂恿那些胖子到私人小岛上去当一天鲁滨逊,不过是改头换面的鲁滨逊。他们才不会戴着藤条帽,露着老二就在外面闲逛。

通常在登上这所谓的"梦幻岛"之前,你就已经对接下来的旅程了如指掌了。旅游宣传册告诉你,"这趟难得的旅行将成

---

[1] Basseterre,东加勒比海岛国圣基茨和尼维斯的首都,位于圣基茨岛西南岸。

为你人生中一段迷人的插曲"；但这插曲要价实在不低，人均一百五十美元！通常这是包含了几项活动之后的价格：摩托艇，潜水，纪念品。纯粹是暴利！

不过，能享受到加勒比海的骄阳，这钱倒也花得甘心。

上岸时，码头会安排迎宾队伍。艺人装扮成当地土著，擂鼓助兴，加勒比音乐一曲接一曲他们身后则是成片的棕榈树。鼓乐喧天，热闹非凡。

表演兼顾各种口味。要是你对松鼠情有独钟，松鼠就会在沙滩上打滚嬉戏；如果你心之所系是鸭子，戴着贝雷帽的唐老鸭就会现身，和塞尔吉[1]湖面上低档的绿头鸭完全两回事。如果你对小动物无动于衷，那宇航员和牛仔他们也能找人给你扮。

但在小岛上扮演活人绒毛玩具其实苦不堪言。要顶着35度的高温一直在椰林里跑，一群小孩就在你屁股后面穷追不舍。所以，附近总有护士待命，因为有些家伙在人偶服里闷久了，脱水严重就会中暑，而脱帽喝水过于冒险。毕竟在小孩或者他们的父母面前脱掉演出服是一大禁忌，童话梦是不能碎的。

小孩追赶他最喜欢的人偶朋友（例如一只松鼠）的时候，如果人偶服里的家伙突然倒地，没有反应，其他工作人员就会赶紧一窝蜂涌上来混淆视线，毕竟吉祥物被烈日烤晕可不会给人留下好印象，有损公司的名声。总之，来来去去都是名声问题。反正他们赶紧把小孩子支走，跟他说些有的没的转移他的注意力："你朋友有点累了，让他休息一下呗，嘘，嘘，嘘，小朋友，让他自己待一会！"昏迷的家伙被抬到阴凉处，交给护士处理。护

---

[1] 法国巴黎大区瓦兹河谷省的一个城市。

士先帮他脱下人偶服，给他喂水，再给他几巴掌扇醒他。要是这些都不奏效，就得给他打几针了！如果这家伙醒了还能接着演的话，那么大家相安无事；不然，就得挑另一个家伙顶上。通常，那些顶替上去的家伙心里头都不乐意，毕竟一来不是自己的活，二来因为这破差事就没法去干他们好不容易争来的抢手的话了。

私人小岛本就是荒诞不经的存在，主要是家长们对它趋之若鹜。当孩子忙着跟喜爱的人偶朋友玩捉迷藏，他们就能逍遥快活一阵。而且，他们才不会趿拉着洞洞鞋跟在人偶后面跑。说实话，你试过甩着一身三百斤的肉踩着拖鞋在沙地上跑吗？除非你是想在油管上博人眼球，不然你图什么呢。

再说，他们也不担心会丢孩子，人偶会看住他们。说是小岛，其实就跟公共绿地小广场差不多，只不过这个大沙坑长有一千五百米宽有八百米，被厚实的墙体围绕。邮轮公司对外声称这是为了保证游客的安全。但在我看来，就是用来防止游客越狱的，万一某位乘客幡然醒悟呢。

在拉巴第——这地方不在巴哈马，而是在海地，还要往南——周围筑着围墙，墙内是肥佬，墙外是穷人。高墙上拉着带刺的铁丝网，就像关塔那摩的监狱！这样一来，不但能确保游客平安无虞，而且就连垃圾都从游客的视线里消失了，目光所及，净是美好。甚至在海地地震过后，这里的生意依旧做得风生水起。岛上其他地方一片狼藉，就这方小天地毫发无损！你说这命运怎么那么邪门，恰恰是邮轮公司租下的这块地盘。

"梦幻岛"则是另一种风格。这是一个缩微的游乐场，一个沙盘。有一些索道会把你抛到绿松石般的海水里。你可以租上潜水设备下潜到海里去看鱼，看鳞片遍体的鱼，真鱼！要知道，一半的美国人都以为鱼身是方形的，还拍满了面包粉……你能想象他们脑子里都在想些什么吗！

海滩纤尘不染，从早到晚被人清理得干干净净，就连海藻他们都不会放过，说是太过原生态！美国人真不习惯这个。肥佬在太阳下烤够了，就会去村子里逛逛，里头是些巴哈马风格的"本地"房子，他们管这叫"楼阁"。至于"本地"，那意思是说负责装潢的是一个经常混迹于游乐场的设计师。是他选定的粉刷涂料。必须要有冲击力！毕竟游客花钱是来这寻新鲜的，可不能让他们败兴而归。至于楼阁里卖的当地特色纪念品，其实产地都是中国。负责监工生产纪念品的设计师则住在佛罗里达，估计就是那位楼阁设计师的同事。

回船之前，胖子们最后通常都会对着大海大吃一顿，以结束本次观光：烤串、香肠、汉堡，反正所有从烧烤架上出来的东西。

*

就是因为这座"梦幻岛"，我才被安排到中央厨房来当替补了。这是到了这个停靠站常有的事。

到站的前一天，船上气氛就已经白热化了，暗流涌动，各方剑拔弩张。仿佛一部悬疑惊悚大片，玩的都是心理……

对峙的两大战队：自助餐团队和厨师队伍。

船上的自助餐由专门的团队负责，厨师则说烤肉不在自助餐团队的工作范围之内。争议由此而起，双方互不相让，什么手段都用上了。

不过，用得最多的还是拍马屁。

为了第二天能入选，没有哪个不狂舔主管的。

你要是被主管看上，就能入选！你便能下船拥抱陆地，真真切切的陆地！微风徐徐，树随风动，脚踏在沙滩上感受扑面而来的自然气息。多惬意！就算这沙滩每晚都冲漂白水，但什么能敌得过六个小时的日光浴呢！

这场战争中，爱打小报告的告密者往往能脱颖而出。但一个月内入选两次，等于就是向众人宣告自己耍了手段！正常来说，都是一个季度被选中一次。现在给倒过来了，你一个月里去了两次，必然就是你这个自私鬼卖友求荣了！

不过，就算是这些爱打小报告的，一般也去不了三次，他们会遭遇意外。不是在厨房摔倒时双手碰到炉灶了，就是在楼梯下摔断了腿。说实话，喜欢打小报告的似乎手脚都不灵活。

虽然笨手笨脚，但心思细密，等去了医务室，回了劳德代尔堡之后，他们就再也不会回来了。要不就是跑到另一家公司去继续祸害别人了！

我顶替的这个家伙也是突发意外。他在准备面包做热狗的时候，不知怎么叉子就插进手里了，跟汽车顶上接收广播信号的天线一样直挺挺地立在手上。又一起工伤呗！

巴布达岛[1]

去中央厨房之前,我先绕道去了餐厅。

像个酒鬼,我独霸饮料机,犹豫了几秒,拿了一杯口香糖味的红色气泡水。够解我的糖瘾了。真活脱一瘾君子……

我到了中央厨房,嘴里啜着自己这杯劣质糖浆水。

我走到一位厨师身边,转过身去把背上写的"百搭"露给他看,好让他知道谁来了。

"请问主厨在哪?"

"赫尔穆特·莱因哈特吗?"

我看了一眼我的工作安排,确认一下名字,是他。

"'耶'。"

"跟我来,饮料就别喝了。"

他怎么这么跟我说话?他以为他穿得像体疗师一样就能来教训我吗!他也没坚持,我接拿着杯子跟他走。像进了个令人抓狂的迷宫,迂回绕行,绕了好久,四面都是不锈钢板。男男女女,成百上千,埋头苦干;个个一身白,戴着贝雷帽,沉浸在自己的工作里。

---

[1] Barbuda,英联邦成员国安提瓜和巴布达主岛之一。

有人像在地上滚酒桶一样,把巨型罐头从冷藏室里推出来;有人背上扛着装满生菜叶的袋子;有人用金属推车拉着一盒盒的贝果。

穿红制服的坎特大师在成片的白里穿梭来往,手上堆满了放好餐盖的食盘。两个小时之后,今晚的第一顿就要开餐了,他们已经忙活起来了。

我们继续往前,途经一群正在准备塔布雷色拉的厨师,那些装色拉的盘子得有浴缸那么大。绕过油炸区——那是天妇罗的天下,从冷冻室外走过,接着到了肉品区:几十个人正在切T骨牛排。

所有人都用异样的眼光看着我。要看就看,活这么久没见过百搭似的!

我像一个还没炸响的鞭炮闷烧着。也只能过过嘴瘾,小声嘟囔几句。要是我一通发作,肯定没什么好果子吃。虽然内心波涛汹涌,但外表可以假装风平浪静。

接着是头盘区:鸡蛋正在锅里翻滚,十几台锅,成百上千的鸡蛋。我的邻居纳尔逊和蒙福就在那群厨师里,我认出他们了。他们正在摆弄菜品,那是一盘堆成印加金字塔形的肉冻,上面插着几根西葫芦茎。我跟他们打招呼,纳尔逊回了一句"你好",结果被蒙福训了一通,让他专心工作。

我们继续参观。大桌子一张张排开去,上面摆放着成百上千的盘子,一群人戴着塑料手套在旁边忙得不可开交:有的放入某种粉色肉酱,有的放入生菜,有家伙再加入一勺调料,还有一个跟在后面继续往里撒上欧芹——"欧芹男",这工作可真是活久见……他们一个个眼疾手快,动作利落!说实话,都有点像在变戏法了!

你要是看得仔细,还能发现一个小秘密:他们大部分都是中国人。这新鲜吗?

我们穿过甜品区。去皮机正在剥苹果和橙子,成千上万的量!去皮之后,八位甜品师便把它们做成水果色拉,樱桃是最后的点缀!随后,再滴上少量的糖浆,糖浆泵就跟土耳其烤肉店老板挤番茄酱时用的差不多。

"他就是。"领着我走了一路的家伙说了一句,然后就离开了。

*

在这个乱糟糟的地方,轰鸣着一座火山。赫尔穆特·莱因哈特大喊大叫,蓄着唇髭的脸涨得通红,眼珠子都快要蹦出来了——瘾君子摄入了过量的毒品就是这个样子。顿时,你就懂了,没人敢惹这位小胡子红皇后。

他一看到我,便气势汹汹:"你哪位?来这干嘛?"

怒气溢于言表……他说话带德国口音,听起来更冲。

我恭恭敬敬,转过去让他看我的背。现在这种场面我已经能应付自如了。

"噢,百搭!"

我走过去,他一把掀翻了我的纸杯,杯翻水溅,苏打水在空中扬得到处都是,如同抽刀时鲜血四溅。旁边有个家伙正在往鸡蛋上撒香料,我的杯子偏偏就摔到了他的鸡蛋上。他恶狠狠地瞪了我一眼,但没发作,继续忙他的活……这就是赫尔穆特·莱因哈特的印记!

"混蛋，在餐厅以外的地方不能吃喝，你不知道吗！"

一个厨子给我递来一大卷纸巾，我赶紧把地抹干净。这活我熟，本来就天天除水；现在不用刮水拖把，改用纸巾抹了，我的看家本领可是在日益精进。

"跟我来！"

我跟着赫尔穆特走到面包区，一间玻璃房，独立于厨房其他区域。

几十位面包师在里面忙得不可开交，他们正在准备用来做小面包的面团。面包必须超级新鲜，因为船上的高温与高湿会很快把它们变成海绵。而一块软塌塌的面包对邮轮的名声不利！他们每天得做一万两千个！

赫尔穆特把我带到一个满头白发的家伙前面。这家伙有白化病。

赫尔穆特说："他是来帮你做饼干的！"

白墙上回响起一阵盘子破碎的声音。"再摔一次你们就死定了！"红皇后骂骂咧咧地赶过去。

"嗨，我是杰克·罗素，从阿拉斯加的费尔班克斯来的！"白家伙跟我打起了招呼。

"我是瓦姆，从法国93省来的。"我说。

"93？"

"对，93！强大的93省！"

他那双红眼睛眨巴不停，眨得非常快。他不再接茬，说起了别的事。他肯定明白了我是什么人……

他开始分配任务给我，我接替的那个家伙平时既要做奶油面包，又得负责曲奇。要知道，曲奇可是美国人的心头好，就跟法国人迷恋巧克力夹心饼干一样。你只要去沃尔玛看看就知道它的国民度有多高了。一排货架上全是饼干……普通饼干，另一排则全是曲奇！

曲奇，一种特殊的饼干。美国人天生就嗜其入骨，就像法国人之于香槟，意大利人之于披萨，亚洲人之于米饭，我们郊区的阿拉伯人之于古斯米。生活要是没了这个还有什么意义！

白家伙带着我继续往面包坊深处去，把我带到他的地盘上。房间里十台大型和面机正在工作，白面团在里面扭来扭去，面目狰狞，如同鬼怪一般。和面机旁边摆放着一些大袋子，跟水泥袋类似，里面装的是巧克力豆。一袋八十斤，需要全都倒进面团里。这活一个人难以胜任，需要一个人抱起袋子，另一个用小刀在袋子上划一个口子，巧克力豆就会哗啦啦地掉进面团里，就跟"同志骄傲大游行"时彩车抛下的五彩纸屑雨一样纷纷扬扬地往下掉。

场面颇为壮观。这工作可真不赖！因为偶尔，你会记起小时候妈妈给你做馅饼或者蛋糕的场景。儿时的味道回来了，香草味的甜糖融合了水果的清香，巧克力就在锅里慢慢融化、冒泡。有时候你要是表现好，洗过了手，而姐姐妹妹又不在，妈妈就会同意你去给蛋糕模具抹黄油。拿上一张纸巾，周遭都抹个遍，不放过任何一个角落，心里别提有多高兴了。你知道亏得你，这蛋糕会让人垂涎欲滴。

我把袋子提起来，白家伙往里撒巧克力豆，这来点那来点，面团就在里面被反复揉搓。我又回到了童年，然而快乐只是短暂的。

定时器一响，白家伙就关掉了和面机，搅拌桨停止转动，面团在槽底噼啪作响。搅拌缸向一侧翻倾，面团流进一个跟大号垃圾桶差不多大的塑料槽里，随后被摊平在传送带上，带子转动起来……仿佛突然进入了奥威尔笔下的世界。接着，面团被压成一块薄饼，足足有五米长。薄片来到一台布满小圆罩的机器下面，机器压下去又升上来，切出一个个小圆饼。紧接着，小圆饼被送到盖着硅油纸的托盘上，一个家伙用大推车把它们全都拉走，直接送入烤箱。

十五分钟之后，曲奇就出炉了。哥们，五百个曲奇！这简直是天堂！白家伙让我尝尝味道，那我可就不客气了！曲奇还是温热的！不错！转眼间，五块已下肚！然后我向他道谢，就准备走了，还得去除水呢！

"等一下，"这家伙瞪着他那红眼睛盯着我，"你去哪儿？"

"去给弗朗西斯除水！"

他嘴里念念有词，一字字重复我刚刚说的话。我的口音听起来肯定很蹩脚，看来要讲好英语得在嘴里含几块土豆才行。有机会我就试！我去搞个土豆。用嘴盘盘它！我把工作安排拿出来，放在他阿根廷杜高犬一样的面孔前面，好让他理解我在说什么。他看了一下说："待在这别动！"

他走出曲奇屋，去了玻璃墙的另一侧，从墙上一个盒子里拿出电话来拨了一个号码。等他回来的当儿，趁着曲奇还没凉，我又吃了四块。

他回来了："好了！没事了！我给尤里打了个电话。等这份工作做完了，你再走！"

真是扫兴……我喜欢刮水擦地。我又忙活起来，帮着做了五百个新的曲奇。

"要做多少个啊？"我问了一句，总不能一直一副漠不关心的样子。

"两万五！"

我没听懂具体的数字，但听他那声音，就知道这数字肯定不小："什么？"

白家伙走到一张不锈钢桌子前面，倒了一把面粉，在上面写了"25000"。

六个小时之后，我才回到寝室。做了太多曲奇……整个人提不起劲，反胃想吐，全身发臭。印度人头上戴着他的网，趴在床上看宝莱坞的电影。一闻到我的味，便一把捏住了鼻子。要不是我太累了，真想揍他一顿。我爬上了床。

这一晚上噩梦连连，胃里翻江倒海。我梦见一块巨型饼干对我穷追不舍！是撒旦派来抓我的！撒旦的双层奶油饼干！这个狗娘养的竟然把我堵在墙角里，扑上来咬我的肚子。结果，我的五脏六腑散落了一地，在我眼前走来走去。

这一晚上可太难熬了！

圣约翰[1]

这些糟心的夜晚，我都习以为常了，数都数不过来。波比天天跟在我屁股后面，就跟围着菖兰花转的小孩一样，甩都甩不掉。他哪是人，简直就是一个终日游荡在楼梯拐角的幽灵。我无处遁形，藏在哪，他都能把我给揪出来。

就算我在蹲坑，一开门……眼前是谁？波比手里正拿着计时器在给我计时，以确保我蹲坑不超过规定时间。我吃饭的时候，他也如影相随，最多离我五桌远。他就跟一个监控摄像头一样，时时刻刻盯住我不放。烦人精！

从他用戒指给我下套那次起，我就知道他想把我扔下船。就跟露营地将近，要在进弗雷瑞斯公路隧道[2]前扔掉一只狗一样。我当时差点就着了他的道。一个月过后，我想着虚张声势一番，看看他到底需不需要我来帮他做那些脏活累活。

有一天早上，我跟他说："我想走了。"

他立马回了一句："我现在就给事务长打电话，把你的护照要回来。"

---

1 Saint John's，安提瓜和巴布达的首都。
2 弗雷瑞斯公路隧道连接法国和意大利，是两国间跨阿尔卑斯运输的主要路线之一。

没有片刻犹豫，他举起电话，脸上似笑非笑，简直丝毫不在意我的去留！活这么久，我还没这么屈辱过。刹那间，一股劲一下冲上头，我推开他的手挂了电话。

我要是要走，那也得昂首挺胸，跟王子一样退场。我又不是海上流浪汉，哪能是他们随意找一个劳德代尔堡的脏乱码头就能丢弃的。

这次之后，我就更成了他的眼中钉。

*

波比想慢慢磨死我。

接下来的三个月，他给我的工作安排就更加别出心裁了。整整四个月，我无休无止地当牛做马，日日夜夜与脏活累活相伴。要是电视台关心我的死活，报道一下我的遭遇，我没准就会成为法国的电视明星。比如那个电视栏目《如此真实》就正好适合我，至于我那期节目的宣传主题，可以是"他的工作一文不值，但他兢兢业业，恪尽职守"。

蟑螂大杀手！我们跟瓦姆去看一下！

刮水洗刷匠！我们跟瓦姆去看一下！

可可曲奇男！我们跟瓦姆去看一下！

管道清洁工！我们跟瓦姆去看一下！

所谓"管道清洁工"，就是跟着负责疏通地下管道的管道班长一起干活。把管道拧开，一大块令人作呕的不明物体掉进桶里，黑乎乎的一团，又黏又稠，总是皂液、胡须、芭比的塑料假发之类的。要是结块太硬，就得用上刷子。

有一次，我们在管道里竟然发现了一只洞洞鞋。谁都想不明白它怎么能跑到那去，这已经成为海上传奇之一了。

要是有一天你在船上听到别人跟你说起这件事，你得知道它是打我这来的！

*

有一阵，我还成了洗衣房的帮工，顶替一个孟加拉来的家伙。他眼睛里不知怎么进了化学药品，差一点就要用上探路杆和导盲犬，幸好眼睛保住了。但他现在戴的眼镜镜片厚得有如果酱瓶底，看得依然影影绰绰的。

当时，我的顶头上司就是"不高兴"，就是那个世界上最阴郁的家伙！我负责把放在洗衣机里洗的床单拿出来，每次得有好几百条。而这些床单，从社会学角度来说，能给你提供许多信息。屎迹、面包屑、化妆品痕迹、酒渍、干瘪的避孕套、阴虱、拖鞋、鼻涕、假睫毛……看着这些，你可以尽情想象床单使用者的生活。工作太没劲的话，想象力至关重要，你想活着就得靠它。就跟那些美国佬说的那样，这可是保命的法宝。

洗衣房动不动就有40度；万一通风故障，就会升到45度。一热起来，虽然公司明令禁止，但大部分男的都会打赤膊；所有人，不论是胖的还是瘦的，是亚洲人还是墨西哥裔美国人，都光着膀子……唯独除了"不高兴"。只有他继续穿着衬衫，而且衬衫里面还穿一件打底内衣。即便如此，他身上也没有一点汗渍，胳肢窝那里也没有！这家伙简直是个怪胎！

我在洗衣房待了两个星期，每天要干九个小时的活，随随便便就掉了二十斤肉。那段时间，每天可以一口气吃掉十五个甜甜圈。当班的时候，至少能喝掉五瓶水，都不带上厕所的！不可思议！估计喝进去的水都直接从毛孔里蒸发掉了。洗衣房里场面诡异：光溜溜的人体闪闪发光，狐臭的味道无处不在，房间里满溢着雄性荷尔蒙的气息，介乎橄榄球队更衣室和淫乱酒吧之间。要是有人放起"村民"乐队[1]的歌，估计我们都得跟在"不高兴"屁股后头接起长龙跳舞！

*

一天，即将再次停靠"梦幻岛"之前，肉品区的老板要了我过去。

他们在劳德代尔堡的肉食供应出了问题，没进烤串。偏偏赫尔穆特已经在菜单上安排了这道菜，可不能打自己的脸，会落人口实。不然，不仅那些胖子会追究，公司在论坛上的名声就更是拜拜了！

所以，哥们，我就被调去串烤串了。可不是穷鬼的烤串，高档烤串！肉串得再配上一块甜椒、一块西红柿和一块洋葱，据说这是密西西比烤串！

我们只有六个人，要做两千份烤串，所以每个人三百根，一分钟串一根。往签上串了五个多小时的肉之后，就只有蔬菜能挑起我的胃口了。就像甘地，搞和平主义什么的，就像人们说的，

---

[1] Village People，创建于1970年代的经典男子演唱组合。其经典名曲《Y.M.C.A》曾被认为与男性同性恋有关。歌迷还为这首歌发明了一种字母舞。

天真无畏。就像那些嘴里口口声声和平至上的"布波族"[1]，从未被人拿枪顶着太阳穴或者用刀架在脖子上。他们说自己热爱和平。

之后的一个星期，我又去了厨房工作。菜品盖上餐盖之后，我负责把它们端到传菜台上，服务员会来取走再送到餐厅。金字塔般的餐盖下躺着浇上了某种荷兰酱汁的鲜鱼，所以端菜的时候得小心翼翼。

就是这段时间，我在外的名声突然有了起色……我想要是有把名声刻度尺的话，那我的游标应该已经从零点滑往正数方向去了。

我之所以会这么想，是因为大家开始跟我好好说话了。我终于不再是害群之马了。波比也不跟之前一样随意使唤我了，以前张嘴闭嘴就是"百搭过来！""百搭，来新活了！""闭嘴，我让你做什么你照做就行！"。

好吧，话还是些这样的话。毕竟我们只是在一艘出海的船上，又不是在白金汉宫。不过，他现在说话会带上"请"字了！说实话，听着心里舒坦多了。

*

也是这段时间，我才发现了一件事。

这艘船上，所有人都会被框在固定的模子里，除了百搭；所以，他们就会来不断地试探你的极限。你就像是一辆汽车，被拉

---

[1] bobo, bourgeois bohemian（波西米亚风布尔乔亚）的缩略语，指信息时代后现代社会中，一些抛弃传统，试图重新定义自己生活方式的中产阶级成员。

去做碰撞试验，你可能自己都没发觉，他们其实一直在开着你往墙上撞。把你扔到能把你烧焦的烤箱里。把你塞到冰箱里。给你压上各种负担。总而言之，他们就是想知道你的承受极限在哪！等于就是把一根绳往死里拉，看它什么时候断。

当百搭，某种程度上相当于服兵役：通过千锤百炼来让你改头换面。这是个测试。他们故意让你不痛快，故意把所有的脏活累活都丢给你。这时候，你得当一个铁血真汉子，面不改色，不哭不闹，任劳任怨。你得穿着你的耐克昂首挺胸，把心里的不服气都藏起来，打掉牙也往肚子里咽，毕竟你就算恨得牙痒痒，别人也不会多看你一眼。这些都是我的切身体会。

求生本能嘱咐我，低头做人，毕恭毕敬，对别人做到有求必应。几个星期之后，某种感觉在你身体里逐渐占了上风，你也说不清道不明，只是感觉自己在节节败退，就像城堡的高墙再坚固，也挡不住撒拉逊人的连连进攻；你溃不成军，丢了甲胄，失了武器。这个时候，你倒开始沉迷于此了！

那些烂活就像是一个月的封斋之后在开斋节上尝到的糕点一样，分外香甜可口了起来。你吃了还想吃！为什么？因为每天工作的时候，要做什么、为什么要做、该怎么做，你都了然于心！生活一览无余，没了神秘感，也就失了生存的压力！按部就班，反倒让人心满意足。慢慢地，你紧绷的神经终于可以放松下来了；你心安理得地干着那些活，把它们当成世界上最重要的事。

你被工作淹没了，然后你变成了工作本身！

就这样，这些一文不值的工作慢慢驯服了我。

工作，即便再不堪，也并非一无是处。你想想看，天天工作，没时间抓耳挠腮，也没时间怨天尤人，就算偶尔休息，你也心力交瘁，无力思考了。

结果就是，云淡风轻，什么都是过眼云烟！精疲力尽，脑子也不会再胡思乱想。这个时候，老天爷就会来眷顾你了。他登上"海洋之王"，穿过舷梯，绕过肥佬，走到邮轮底层来，一把抱紧你。你也没有抵抗的力气，毕竟你早已丢盔卸甲，手无寸铁了。

他对你说："瓦姆，好样的，我真为你感到开心。你已经通过了我给你的考验！你没有卑躬屈膝，而是像马穆鲁克骑兵那样顶天立地。你也没有自暴自弃，你理应时来运转！很快你就会步步高升的！继续好好干！"

然后，某天早上波比在等你，跟你说："好了，跟我来！"你跟着他，昂首挺胸，心无杂念，结果你就升职了，他们终于准备让你去干点稍微体面一些的活了。

谢天谢地！

但这喜事不是从天而降，而是有迹可循的，那些线索就是老天爷提前给你的贺礼。

*

所谓蛛丝马迹，就像是路边的指示牌，能为你提供指引。不过，它不一定是画在黄底黑边三角形里的鹿，它的形式多样，五花八门。

有可能好运直接找上门来，比如有人直接让你升职换工作。

也有可能没那么直截了当，它在远方等着你！有些当下发生的事情，你还意识不到那是老天爷给你准备的厚礼；实际上，这倒有点像童话故事里的剧情！

想象故事中某个生活一团糟的角色，比如一只被遗弃在森林里的小狗，或者是一位因仇家报复而陷入昏迷的少女。起初，他不明白为什么自己要蒙受苦难。等生活慢慢有了起色，意外之喜从天而降……那时他才知道一切早有预兆，后来发生的事情只不过是前事的印证，来告诉你冥冥之中已有定数。即便命运看起来深不可测，但时光流转，当你回顾往事的时候，你发现它其实早已在你身后现了形，仿佛是考卷还没拿到手时就有人给你塞答案了。

这些就是我所经历的。

生活对我旁敲侧击，但那时我读不懂它的言外之意。后来，眼前才豁然开朗，明亮夺目了起来。

*

阳光！哥们，是阳光，是太阳晒下来的不计其数的亮光！

在海上工作，最愁的便是终日不见阳光。有时候，一连好几个星期，你都看不到一眼日光；你只能不停地吃水果，来代替光给自己补充一些维生素，但这会把人逼疯的。

有一天，在泳池工作的那个家伙，甲板服务员迭戈，跟我说，船员们想出了一个能晒太阳的法子。船尾处有一块甲板，算得上是露天阳台，肥佬不会踏足那里。因为那边海鸥成群，鸟粪遍地。缆绳缠绕成圈，几十个可怜人就躺在上面晒太阳，一刻钟，二十分钟。虽然只有一时半晌，但对于卑如蝼蚁的人来说，这就已经是天堂了。

当你走出阴影，踏上甲板，那个遗忘的世界又回来了。

气息！海盐钻进你的鼻孔里，味道浓烈，你忍不住一个劲地打喷嚏，仿佛是吸了掺玻璃粉的白粉一样，鼻痒难耐。

眼睛！阳光穿透头颅，直达大脑深处。色彩在脑中爆炸，仿佛是脑中装入了一颗超新星一般。刚出来的头五分钟里，明光烁亮，双目如失明般盲无可见。只有跟其他人一样躺到缆绳上之后，感官才能慢慢恢复正常。气味又出现了，浓而不烈，如同塔吉锅焖饭一样，你能够分辨出里面的每一种香料来。

然后，是风。就像恐怖片里的幽灵，它缠绕着你，形影不离。但惬意至极，它在净化你。潮湿的工装风干了，全身都热起来了，霉味也被风带走了。

你听。海鸟的尖叫声、海浪的翻滚声、邮轮的汽笛声、经久不绝的音乐声和肥佬的嬉戏声，它们就在你头顶，就在上层甲板上。有孩子在哭。你甚至还能听到肥佬跳进泳池时的"扑通"。你参与了一场盛会，你本来也有权享受这样一场盛会。

一种别致的盛会，一场感官的盛会！哥们，这可价值不菲！

普利茅斯[1]

你知道往船上层走的时候人会注意到什么吗?当然,首先是脚下的路。我当然不傻,但不止这个。来,猜猜看:就是舷窗。

波比在前面开路,我跟在后面。阳光布满了双眼,难以相信我不是在做梦。

"我们要去哪?"

"天堂出口。"他没回头。

"天堂出口",船上的购物街,说是乐土也不为过!树木丛生,繁花锦簇,都由泥土滋养而成,而非仿真植物。"海洋之王"上有一个绝无仅有的工种,你在其他地方都找不到,那便是海上园丁!

除了商店员工,其他人禁止进入"天堂出口"。那地方宛如一个高级俱乐部,筛选严格,就算你貌若天神也不得入内。只供肥佬消遣!据说就连船长也不敢踏足,即便这艘船是他的地盘。

我们到了一个类似于快递仓库的大房间;当然,高度远不及库房,NBA的篮球运动员估计就难以入内,但场地大小相差无

---

[1] Plymouth,英国海外领地蒙特塞拉特首府。1995年,因距其四公里的苏弗里埃尔火山喷发而废弃至今。

几。里面的货架数以百计，每个货架分四到五层。货架上都标着店名，放着它们的存货：服装店、玩具店、纪念品店、鞋店。往外送货全靠平板车。

纸箱堆里有一个家伙正在检查商品，他那打扮酷似华尔街的银行家，条纹衬衫、有褶西裤，再配一双鹿皮鞋。就是由他来按销量给商店供货，所谓理货员。他看起来手头也挺宽裕。这家伙正在本子上划来划去，盘点货物。

波比走过去跟他谈，我就在旁边等着，期间忍不住瞄几眼箱子，无一不是大牌子，高档货！拉夫劳伦、汤米·希尔费格……诸如此类！

"瓦姆，请你过来一下！"

交易员甚至没握一下我的手，只是从上到下打量我，那瞬间我感觉自己成了窑子里的娼妓……

"他应该可以！"他对波比说，接着又转向我："你得换件衣服！"

"为什么？"

波比和他大笑起来，波比说："你这衣服可不受欢迎。"

这身衣服在"天堂出口"确实一文不值，汗迹斑斑，裂缝遍布；来船上久了，我这重犯装都镀上了一层岁月的痕迹。

想必美国中央情报局的特工单凭我这件衣服就能一眼看出我过往的经历：油污、巧克力渍、破碎的蟑螂卵……虽然"不高兴"帮我洗过衣服了，但我的故事还是留在了上面。所以，我对它爱不释手，它可是我的第二皮囊。

"你这衣服在'天堂出口'挺异数。"交易员加了一句。

"异数"，就是"奇怪"的意思。可以理解。在"天堂出口"穿一套这样的连体衣站在顾客中间是让人挺不自在的。你想想看，就等于是慕尼黑啤酒节上，别人都穿着皮背带的短裤，但你却穿了一身北非长袍，反差太大。

"我推荐你过来的，你可别胡来！"波比走之前跟我说。

他这意思就是说，我以往工作表现不错，这次别废了他一片苦心。放一万个心，我早就学乖了！

我跟着交易员来到一间办公室，这地方就是在仓库隔板上粘几块有机玻璃板搭起来的。他从柜子里拿出一件白围裙和一顶纸质贝雷帽，围裙上画着一个双球蛋筒冰淇淋：这衣服看着不咋样。他自己穿上这些衣服，接着跟我说："我们要去冰淇淋店送货。"

他把舌头伸出来，在冰淇淋上舔了一口，好确认我听懂了他的话。哥们，这我怎么会听不懂呢！我当然知道你不会来舔我！

"给你穿什么呢……"

他翻箱倒柜地帮我找衣服。我敢赌一百欧，赌他会给我找一件华夫饼小贩穿的小围裙出来，好挡挡我这破衣烂衫。他从柜子里取了一件衣服。完，一百欧打了水漂。一件白毛连体衣。这都是什么事！我才不要穿什么毛皮大衣！说实话，我又不是巴西人！

我只能安慰自己这是进冷藏室要穿的。美国人这些杂七杂八的规矩真是让人心烦！

我把套装转过来，前面吊着的还是北极熊的头……

"这是一件北极熊人偶服，孩子们都很喜欢！"这家伙竖起大拇指。美国人看问题倒是乐观阔达。我别无选择，只能穿上。

"看着不错！"他说着帮我拉上背后的拉链。

我们出了办公室，穿过仓库，走到一扇不锈钢的小门前。这是一个巨型冰柜。走进门去，几十个架子上摆放着成百上千的冰淇淋。寒气逼人。华尔街的家伙脸冻得通红；寒气前赴后继地往他脸上扑，看来把他的脸当成是英国酒吧里的飞镖靶心了。

至于我，毫无压力。有这件大衣护体，只要他每天给我扔三条鲱鱼进来，我在这住下都没有大问题。忽然间，我明白了北极熊怎么能在浮冰上安然自得。冰雪本就是它的天地，所谓适者生存。如果你把一只山羊扔在冰山上，它熬不过两天。大自然，可真神奇！

这家伙从墙边拉了一辆小推车出来，转向其中一个货架，拿出小本子："两份开心果激流！"

他向我指指两罐开心果冰淇淋，我直接把它们放入推车；他沿着货架走，我推着小车跟在后面。

"三份柠檬浓缩、两桶巧克力丛林、四罐草莓彩虹、一个黑莓旋风。"

我把罐子堆在小车里。冰淇淋名字都这么故弄玄虚……美国人的老毛病了。一些简单的小东西，名字也非要弄得花里胡哨，以为加了几个字就能风靡市场了。在法国，你要是去市场买两斤桃子，可不会张口说自己要"普罗旺斯太阳果"！就算你特意用法国南方口音也是徒然。但在美国，这反而是大家的共识。

终于出了北极圈。他关上门上好锁，一是防贼，二是得省着点用，保证供应。没错啦，在"海洋之王"上，稀缺抢手的不是白粉，而是冰淇淋！"哥们，来一个薄荷闪电口味的？"然后在食堂对面过道的楼梯下，你眼疾手快，悄悄塞给他一罐冰淇淋。

"可不能出事！想想要是有人不小心被关在这个冰窟窿里了

得多吓人！"他边转钥匙边跟我说，还激情表演了一番疯狂敲门想逃出来的惨状。

"跟我来。"

我一路跟着他；老实说，我只能盯着他的屁股走。我那头套只在齐眼的地方开了一条缝，看不见他全身，只看见局部。我们上了一部货梯。

"我想你是第一次来'天堂出口'？"

我点了点头。电梯还在上行，这家伙给我支了一些对付小孩的招数。扮成北极熊，某种意义上，我可就成了大明星，孩子们说不定还会围着要我签名、画雪屋。他叮嘱我到时候要淡定，毕竟刚开始不习惯的话，那场面还有点吓人。

他索性一本正经地培训起我来，如同上阵前指挥官对战士三令五申，剖析了一番我即将要面对的敌人：小人相扑手，个个虎背熊腰，都是肥佬的孩子。

成为北极熊之后，有三件事要牢记于心。

第一：小人相扑手都缺爱，爱抚必不可少。交易员言传身教，演给我看该怎么做。要把人抱在怀里再拍拍他的背。所谓一个"拥抱"！就是这个词！

第二：小人相扑手敏感多变，性情反复无常，让你咬牙切齿是常有的事。对付这种局面，交易员教我双手腰间一叉，头一摇，表明自己生气了。但注意，生气也得温柔亲切，当一只愤怒的温柔大白！

第三：小人相扑手飞扬跋扈，不知分寸。这家伙教我如何制服他们，他给我演示北极熊如何用爪子示意"不行"、施展威慑。等于是甩一个耳光！但是是一个温情脉脉的耳光，来自冰块上大熊的爱抚!

货梯门开了，正位于一棵棕榈树后头，"天堂出口"到了。太震撼了！几十家店铺鳞次栉比，东西应有尽有：潮服、泳衣、化妆品、纪念品、眼镜、小吃、热狗、三明治、法兰克福肠、贝果、汉堡、冰淇淋……以及花花绿绿的洞洞鞋！

恍惚间以为自己到了拉德芳斯[1]的四时商业中心。规模自是不及，但这沸沸扬扬的氛围一模一样。人多口杂，几百张嘴同时叽叽喳喳，从四面八方涌过来，那感觉就像被人浑身涂满了蜂蜜，正要送去给蜜蜂教训一番。

我情绪有点崩溃。想想当时科尔特斯[2]率领他的士兵在电影《启示录》里那片海滩登陆时，目睹这一场景的土著人得有多惶恐不安！你懂我的感受吗……等于就是，一只在地道里溜达了三个月的鼹鼠，有一天发现了一扇小门，他跨过门把头探出草地，发现外面就是王子公园体育场[3]！看台上都是叫得声嘶力竭的球迷！你想想看！

现在，这只鼹鼠就是我。我已经不习惯了人群，只想赶紧逃跑，逃回我的洞里。小孩在水池边奔跑嬉戏，攀岩墙上爬着一些人。

"你好呀！萌熊熊！"走向冰淇淋店途中，有声音叫住我。

这分明是成年人的声音！又不是小孩子的！这些美国佬都多大了！他们不知道我是人偶吗！不知道我跟他们一样大，只不过是为了钱在这挣扎吗！他们干嘛老是这么浮夸。

1　拉德芳斯是法国巴黎都会区首要的中心商务区。
2　Hernán Cortés（约 1485—1547），大航海时代西班牙航海家，阿兹特克帝国的征服者。
3　位于法国巴黎 16 区，可容纳 48583 人，目前是法甲俱乐部巴黎圣日耳曼队的主场。

头罩挡住了我的视线，我看东西都看不全，心里忐忑不安。身边那些人的脸，我想看也看不到，能入我取景框里的也就是这些男男女女的下半身了。

这北极熊头套倒是让我想起了阿富汗女人戴的布卡罩袍。一个在那边旅游的兄弟说，那些女的个个欲火焚身。穿上了这毛皮大衣之后，我可以证实。看脸是禁忌，但打量男人的老二，欣赏女人的肥臀，可没人管你！那会起反应。一到冰淇淋店门口，我就被几个小人相扑手围攻了。他们都抓住我不放，扯着我的皮毛，把我拉来拉去。

"白熊！白熊！抱我！"

说实话，幸好交易员提前给我打了防预针，教了我点防身术，这场面也太恐怖了！

指头又短又肥，在我身上捏来捏去；手指黏黏糊糊，就往我的皮毛上蹭；还有些家伙竟然直接捶我的肚皮。熊孩子喜欢我，他们父母心满意足。总之，皆大欢喜，除了我。突然间，我体会到像贾斯汀·比伯和麦莉·赛勒斯他们这样的大明星的旅途得有多糟心。光鲜背后苦不堪言。

"孩子们，让熊熊干活哦！他从北极带来了冰淇淋哦！"交易员喊了一句。

我被这身皮毛闷得浑身是汗，在保护小推车上的冰淇淋时，没忍住随口骂了一句"狗杂种"。

"别折腾了，赶紧抱一下他们！"他跟我说。

我只能照做。来吧，我就当抱了一大块猪膘。我的脊椎咯吱作响，仿佛是在威士忌杯底碰来撞去的冰块。他们又是要摸我的眼睛，又是要拉我的鼻子，这些小混蛋，我干脆抱紧点，用力勒他们几下,耍出摔跤里的惯用招数"墓碑钉头",死死抱住他们的腰!等到有个熊孩子哼哼唧唧地跑回他爸妈那了,其他孩子才温顺了点。

"稳住,哥们!你吓到他们了!"交易员说。

吉祥物也会崩溃的!伪装在人偶服里的家伙崩溃之后,眼里便容不得半点动静,管他是什么在动,他都会挥一拳上去。这种事时有发生!不信去油管上看看,就在体育场中央,那些巨型火鸡上去就给狐狸来了一拳,五彩鸭对着粉鳄鱼也是一顿暴揍。

吉祥物也不是好当的。没有金刚钻,就别揽瓷器活;这活也得专业的来做,没有钢铁意志,谁招架得住。这倒让我冷静下来。上来放风之前困在底舱干过的活,有些简直刻骨铭心,永生难忘。对策一不行,只能采取方法二了。双手腰间一叉,再摇摇头。没人敢出声了。想要让他们乖乖听话,又不能吓到他们的小心脏,我得树立一个典型才行。我在一个穿辛普森T恤的小胖子面前蹲下来,张开怀抱迎接他。但这家伙一动不动,还跟他妈抱怨:"这只白熊好凶……"

这话可让毛皮下的我打了个寒颤,我可不能搞臭了白熊的名声,得赶紧换个目标。我马上把头套扶正,在缝里东张西望。

三米远的地方,有个戴大框眼镜的大头娃,嘴边挂着口水。这孩子挺古怪,面无表情。通常孩子们的脸就跟六月天一样,他们要是生气,你一眼就能看出来;喜欢也一样,都写在脸上了:跟猴子一样,喜怒形于色。但这孩子,完全看不出来:一张扑克脸,一对迷糊眼,嘴角往下耷拉,更别说那流成线的口水了……就是他了!情绪大考验!

当心了,白熊要出大招了!快抓好冰块,冰上旋风来了!

再用一遍方案二。我转向那个孩子，双手叉腰，摇摇头。他父母都笑了，对一只兢兢业业的白熊来说，这真是莫大的鼓励了！

来试试策略三！用指头震慑他！温柔地震慑他！这孩子依旧无动于衷，其他孩子倒热情高涨起来。这些狗娘养的，竟然在拔我的毛。不管了，当务之急是搞定眼前这家伙，我得让交易员看到我可没消极怠工，我可是秉着劈波斩浪的精神在坚持打怪！

向前冲，开始攻坚之战！所有招式都用上！我就跟一只疯了的袋鼠似的，一蹦一跳地凑到那个蜡像脸的小孩面前去，就连他爸妈都乐了，捧腹大笑。

"别弄了，别管这个孩子了！"交易员在我耳边小声说。

哥们，太晚了，箭在弦上了！我现在就是航海精神的化身！一往无前，不达目的，誓不罢休！等着看我炸场子吧！我一把抓住这个小孩，这倒是不费力，但他一动也不动，宛如一座沉甸甸的雕塑纹丝不动。我挠他痒痒，他还是毫无反应，面无表情，仿佛是一个受过训练的特工，对眼前这些"酷刑"早已习以为常。我有点摸不着头脑了，通常你挠小朋友的胳肢窝的时候，他们都会大喊大叫，笑个不停，但这孩子还是无动于衷。

我只能继续加码。我一把抱住他，想把他举起来。他奶奶的！根本抱不动！这孩子要不是粘在地上了——迈克尔·杰克逊就专门在音乐短片里设计过这样的动作——要不就是在口袋里藏了铁砧！坚持到底！咬牙切齿！加油啊，瓦姆！终于，抱起来了。光是把他抱起来就让我脱了一层皮，双臂火辣辣的，两条腿抖个不停，背也拉伤了，这个混蛋。

我把他高高举过头顶。

他爸妈欢呼雀跃。

他依旧面如死灰。

我轻轻把他往空中抛了一下,控制着动作幅度,怕接不住他。就这一下,这家伙脸上终于笑开了花。

他爸妈一个劲地鼓掌。

凯旋而归!我感受到了!我把他放下来,感觉到自己全身肌肉都跳个不停。他爸妈走了过来,他爸拍了拍我的背:"谢了,兄弟!太感谢了!"

"他两年都没笑过了!"他妈边擦眼泪边跟我说。

他们仨走了,往后面的舷梯方向去了,那边有人正在潜水和攀岩。

怪小孩走在中间,他爸妈在左右两侧,一人牵着一只他的手。这场景倒让人备感欣慰。这个时候,我才知道,这孩子是个低能儿。

肥佬纷纷让路,在我身边排起两堵致敬的人墙……就是过分厚重了些。

"干得不错啊,白熊!"交易员跟我说。

他转向人群,叫了一句:"来,大家为白熊欢呼一下!"

随后,在"天堂出口",在玻璃天窗下,呼声四起,就连栏杆那边的肥佬也在异口同声地热情呼应:"耶耶耶……"

哥们,我出息了!真的……

圣路易[1]

从那天起,我就声名远扬了,一只和蔼可亲的大白熊。虽然小屁孩们毛都没长全,但大白熊对他们爱护有加。

如同一摊油被打火机点燃,火势蔓延,我的事迹也慢慢传遍了这船上大大小小的过道。人的地位就是这么改变的。有了这名声,我就可以待在阳光下,不用再到轮船底舱去了;有了这名声,我在船上的位子就算坐稳了,就像打了疫苗一样,诸邪莫近,百毒不侵。

波比向我打了包票。对付起我来,他向来都游刃有余。从某种意义上来说,我之所以有了这么点航海精神,都是因为他对我关怀备至。想想看要是教练带了一支净是庸才的队伍,想让他们改头换面,那还不得时刻查岗,步步紧逼。而现在,我有了好名声,他也能沾光。

就在我一鸣惊人几天之后,那孩子的爸妈便在各大旅游论坛上对我们公司赞不绝口,大夸特夸,称赞这"海洋之王"上的工作人员都是顶配。句句出自肺腑,说是他们家孩子很久都没笑过了,亏得可爱的大白熊——就是我——他才又喜笑颜开了起来。

---

[1] Saint Louis,法国海外省瓜德罗普玛丽-加朗特岛西北部港口。

而且，这对父母来头不小，是美国一个颇有势力的协会里的成员。雪球就这样越滚越大了，就连我们公司在劳德代尔堡的总部都知道了这件事。内部调查之后，他们发现那个人就是我。既然波比是我的顶头上司，他自然也得到了表扬，每个月的工资还涨了一百美元，鼓励他继续向自己手下的人传递航海精神。

"你真是我的福星！"他现在动不动把这话挂在嘴边。

我成了他的好兄弟。每天晚上，他带着我在他的办公室里喝得烂醉，大口大口地灌伏特加。只不过，这伏特加是白俄罗斯来的，而非游客喝的那种。

我不知道这玩意是不是合法，但我敢保证，要是你往燃料箱里倒一瓶这东西，眨眼的工夫，你的车就能在环城高速路上飙到二百五。两杯下肚，你就得头疼三天，严重的话还有可能会得脑震荡……幸好，走私伏特加的团伙早就绝迹了……有一次返航回到劳德代尔堡的时候，美国食品和药物管理局还在海关的一间仓库里审问了一番波比。他们查获了一个寄给他的包裹，里面藏了四瓶这样的酒。他自然骗他们说他不知道那些是什么。

亏得他在船上的名声，他们没再追究；海关的人戴上防毒面具，对着下水道口敲碎了那些瓶子。这可不是开玩笑的。

波比当时还郁闷了一阵，我倒是松了一口气……

后来，他开始喝百加得了，想喝还得躲起来喝。一个白俄罗斯人，靠百加得解酒瘾，传出去会被人笑话成懦夫。所以，他也没再邀请我一起喝了。这样也好，有益健康……况且，他烂醉的那个架势，我也招架不住。每次半瓶之后，这家伙就开始哭，仿佛一只粘在粘蝇挂条上的苍蝇一般，他就靠在房间那面贴着魔法森林装饰画的墙上鬼哭狼嚎。哭就算了，他还用俄语唱些乱七八糟的东西。坐在他对面的我就只能眼睁睁地看着他，满腹牢骚也只能憋着。有时候，我会跟他说"一切都会好起来的"，结果，他哭得更伤心了。

第二天，要是我们谈起晚上喝酒的事，这家伙不是什么都不记得了，就是怪自己怎么乱说话。

既然我已经不是他的负担了，他也开始试着尽可能给我安排一些更体面友好的工作了……

*

在我的小圈子里，我也不再是"百搭"了。

他们会喊我的名字了。同事跟我说话的口吻像是把我也当成了老板。这个时候，我才真正看清了他们每个人的脸。

刚开始，你看到的只是一些身影。但慢慢地，等到他们开始信任你，等到他们跟你聊起自己的故事，你才开始一点一滴、零零散散地积攒起对他们的认识。你开始看到他们脸上的皱纹和裂痕，抑或是被刘海挡住的刀疤。此时，起初的身影才变成了一个个具体而独特的人。

几个星期之后，那些烦人精成了万事通。也是这个时候，你才意识到，有些家伙表面上看起来跟酒吧 DJ 身上的斜挎包一样酷拽拉风，但实际上都是一些人模狗样的混蛋；而有些人的生活则会让你忍不住掉几滴眼泪……比如拉吉夫，那个旁遮普来的爱搔首弄姿的家伙。

有一天晚上，我听到他在哭——头上依旧戴着那顶网罩，生怕压坏了自己的发型。

"拉吉夫，怎么了？"刚好我心情不错，就问了一句。

然后他就开始给我讲故事了，用上了毕生所学的英语，差不多就是那本外语教程《轻松英语》的水平。这家伙原来是个明星，宝莱坞货真价实的明星！

宝莱坞，就是印度的好莱坞。两者是一回事，除了宝莱坞的明星都蓄胡子，开电单车，还打得一手好鼓。

平日里不工作的时候，他看的都是自己参演的电影！《邪恶力量》《旁遮普部落》《花帮》……大多是动作片！他的电影有一次甚至都上了戛纳电影节的榜单！但他招惹了当地的土邦王公，前途毁于一旦。

拉吉夫出身于一贫如洗的家庭，就是印度人口中的"贱民"，他们在印度就如同罗姆人在欧洲一般不受人待见。人们知道他们的存在，但是谁也不希望自己楼下的邻居就是他们。

所以，他之前一直没说自己是哪里来的……在印度，就得如此。

在法国，情况就天差地别了。

人前就得表现自己的出身。你祖上是北非的阿拉伯人吗？那哥们，穿你的长袍来！那可比西服贴身得多！你是巴基斯坦人吗？那留胡子啊！你祖先不都这样的吗！你是中国来的？那也简单，把你家的标致806停在车库里，然后在马路上挨着别人的车并排停放你家的黄包车，这样大家就都知道你是中国来的了！

你的出身要是平平无奇，你反倒成了个怪家伙了，没有人会对你感兴趣。如果你是夏朗德省[1]来的，没人会在意你！你没注

1　法国中西部省份。

意到这回事？多看看电视！哪个节目主持人不对别人的来历津津乐道！

你要是看得仔细的话，还会发现那些主持人自己不是没有可以用来夸夸其谈的出身，就是根本避而不谈！但他们倒是喜欢挖别人的根！就算你不想谈，他们也会对你步步紧逼，以为这样就能在人前证明自己完全不介意别人的出身，显示自己的包容！一个自称包容、开放的人非逼着别人去聊自己的来历？可不可笑？

你会觉得他们仿佛把自己当成了出国度假的游客，既然出了国，那他们自然也喜欢差异！但实际上，节目一播完，他们回到自己家，共处的还是一群来历平平无奇的人。所以，我实在是想不明白他们是想要标榜什么，向谁标榜，为什么要标榜。好了，题外话先说到这。

印度的贱民，就像是非洲的白化病人。在非洲据说他们会带来厄运，所以得被剁成肉片，这样就会带来降雨，也会给村子带来福气，人人都受益，除了那些白化病人……

而在印度，万事皆分种姓。种姓跟部落有些相似。生是贱民，死也是贱民。整个一生，人人都对你避之不及，不想跟你有任何牵连。就连想跟别人做朋友，都会惹得他人大发雷霆。

贱民承包了所有不体面的脏活累活，他们打交道的都是垃圾场、废物堆、污垢……总而言之，所有一文不值的东西。这曾经就是拉吉夫的命。拯救他的是他的长相，他太帅了。我的意思是在印度，根据印度人的标准。你要是在当地放一则布拉德·皮特演的广告，那些女的都不会多看一眼，结果就是你想卖的东西根本无人问津！一袋麦片、一包咖喱都卖不出去！

但你要是找个当地人来演，销量就会暴涨。例如法国电台主持人塞巴斯蒂安·福林（Sébastien Folin）那种长相，加上八字胡，你拉上一个演广告，卖什么销什么！你懂了吗？

有一天，拉吉夫终于让生活变了个样。

小时候，他是一个放牛娃，每天跟在圣牛后面用纸板捡牛粪。15岁那年，他不想这么下去了，想出去见见世面，这当然合情合理。得是有多爱这种生活才愿意一生都盯着牛的屁股眼啊，哪怕是圣牛……

他一直对电影情有独钟，舞也跳得不错，平时自己在小屋旁的垃圾场也练得勤，所以他决定赌一把。拿上藏在床底下的十个卢比，他花钱洗了个澡，找理发师理了个发；又偷了几条旧床单，做了身稍微体面点的衣服，然后就到孟买的电影厂试镜去了。

他就蹲守在门口，跟保安打持久战，把人家弄得精疲力尽，终于如愿以偿。当时，一群人正在里面排队，等着为一个群演角色试镜。他不请自来，加入了他们。

这个时候老天开始眷顾他了。他长得不错，被相中了，去演一个老虎进村时被吞入虎口的家伙。他在镜头前把死人演得如此逼真，便一直留在那跑龙套了——他跟我说他太知道怎么痛苦地号叫了。

电影公司习惯了用他，慢慢他也就成了一名演员。也算得上是几部电影里的明星了。生活一片向好！平日住在象鼻神度假村的公寓里，身边成群的女人围着转，车也是全新的现代。他甚至学会了识文断字！

可惜好景不长，他闯了祸。谁让他不自量力，生出些非分之想，结果玩火自焚。有位当地的邦主（跟我们的省长差不多），请他去家里做客,结果这家伙竟然睡了他家的人,他怎么也不该去招惹那个卷发女人。

邦主气得暴跳如雷。电影公司为了自保,自然也就炒了他。到处,他都成了不受欢迎的人,所以只好来这邮轮上了。这就是他拉吉夫的命啊!

说实话,我知道这事的时候,心里也怪别扭的;你能想象Lady Gaga在肯德基卖炸丸子吗?我当时差不多就是这种感觉。

他后来再没跟我说过话,估计是想起自己说的那些话有些难为情。而且,偏偏是"百搭"知道了自己的丑事,他更是无地自容。他当服务员的时候,懂得讨人欢心,所以小费拿到手软;即便如此,半年之后他还是走了。他不信这就是他的命。

赶走他的最后一根稻草是他在船上碰到的几个印度人。那些家伙靠着棉花生意赚得盆满钵满。他不认识他们,但他们可认识他,尤其是其中两个孩子。

在印度,关于他的文章还是时常出现在许多八卦杂志上,例如《明星拉吉夫去哪里了?》《拉吉夫被仇人灭口了?》《拉吉夫成牧师了?》。反正就通常那些胡说八道的话。

他原本想销声匿迹,却在世界另一端的邮轮上被逮住了,在巴哈马和圣马丁中间的海域上被抓了个正着。他低声下气,点头哈腰,尽心服务,但他们不断地盘问他,非要跟他说印度话。拉吉夫想装作听不懂,但那些家伙竟然还拍他的照片放到脸书上去,配上一些诸如"他让你想起了某人吗?"的文字。这些游客又把他扔给了粉丝当谈资。贱民拉吉夫被打回了原形。

他承受不了这个。

这次巡游之后,他就拿着箱子在劳德代尔堡下了船,坐灰狗巴士[1]去了迈阿密。他在那找了个汽车旅馆住下了。后来,保洁员在浴室的地板上发现了他。那个时候,他早就断气,死得透透的了。在他身边还有一罐药,他用哈瓦那俱乐部朗姆酒吞了药,结束了自己的生命。就像詹姆斯·迪恩[2]死的时候开着自己的保时捷,拉吉夫死的时候头上也还戴着那顶压发帽。不是每个人的一生都能成为传奇,但对这位贱民,我肃然起敬。

---

1 美国的长途客运巴士,来往于美国和加拿大。
2 James Dean(1931—1955),著名美国电影演员,被视为"垮掉的一代"的代表。因车祸去世。

罗索[1]

于我而言，生活还在继续。我现在也能干一些能呼吸到新鲜空气的活了，比如到泳池和水疗中心给迭戈帮忙，活里当然包括清理滑梯。

我跟所有人都打交道，跟肥佬也有往来。但我安守本分，头脑可没发昏。

拉吉夫走了之后，"坎特大师"的阵营里就空出一个位子。让我来！让我踩着拉吉夫的尸骨冲上去！虽然他尸骨未寒，但我已经做好准备接手他的位子了。近水楼台嘛。敲开了波比的门。

"我想当服务员……我想接替拉吉夫……"

我就是想发财！当服务员只要多赔点笑，就能捞一大笔油水。那些毛里求斯人，个个富得流油；回家的时候人人都能提一辆铃木"雨燕"！当然，要是在巴黎开辆这样的车，别人铁定向你扔石头。但在毛里求斯没什么问题。况且，车轮毂还是铝合金的！

"有份更吃香的工作给你！"

更好的工作！等一下，总不会是约翰·库珀的工作？毕竟最体面的工作，还得是照顾那些住在双层套间的阔佬……

---

[1] Roseau，英联邦岛国多米尼克的首都，也是该国最大、最古老的城市。

"你去见一下克努特·奥拉夫松……"

"Abba 乐队的那个歌手吗?"

"谁?"

"没什么!"

*

克努特·奥拉夫松是助理巡航总管。

如同剧团经理一般,他负责统筹安排邮轮巡游期间的娱乐活动。这世上不会有比他更害羞的人了!他每天时时刻刻盯着网上所有的论坛,实时查看客户的评论。一个名副其实的潮流破译者!

在这"海洋之王"上,他简直就是个半神,他就是邮轮上的帕特里克·塞巴斯蒂安[1]。没有哪个艺人敢不尊敬他,他手里握着的可是决定每个节目生死的大权。世界最大歌舞厅,是他的!"泡沫小人",或按英语说法,"温柔的小个男",就是他!他就是那种敢从阿卡普尔科[2]的悬崖峭壁上直接跳到海里的人!据说当时船舶建造师在设计邮轮之前就想跟他聊聊船上那些娱乐场所的分布。

我在他办公室门前等他。我太喜欢这了,往上是驾驶舱,往下是"天堂出口"那条街。街上的树,待在冰淇淋店里的肥佬,尽收眼底。远处有两个游泳池和一个迷你高尔夫球场。再望得远些,就能看到在海上驰骋绕圈的摩托艇,因为"海洋之王"现在

---

[1] Patrick Sébastien,法国知名电视主持人,制作人和媒体人。下文"世界最大歌舞厅"和"泡沫小人"均借用了帕特里克·塞巴斯蒂安主持过的综艺节目及唱过的歌曲名。
[2] Acapulco,墨西哥太平洋一侧港口城市,旅游胜地。

正停靠圣基茨岛。

对，我明白，这小岛跟《霹雳游侠》里那辆汽车同名[1]，也是一桩怪事。不过，我也不在乎，毕竟这小岛我永远也不会踏足。

在奥拉夫松的办公室里，一群人操着西班牙语大呼小叫，吵闹声传到了过道里。门砰的摔上了，一群阿根廷舞者走了出来，就是那群在曼波俱乐部甩屁股的家伙……他们没穿行头，都是T恤搭牛仔裤——本来也不至于大清早的就来卖弄风骚。他们一个个气急败坏，正因跳舞的地盘而大动肝火。他们可是公司专门花钱请来燃爆舞池的，结果现在竟然有人耍阴招跟他们抢生意。那是一群少说也有65岁的老头，但这些老爷爷竟把阔太太们全抢去了，所以就成了阿根廷人的眼中钉、肉中刺——他们感觉在自己专属的场子被人抢了风头。而且这些老家伙义务跳舞，分文不收。他们没了老伴，自己一个人闲着没事，在克里夫兰又待腻了，就干起了这个，只要包吃住就行，不求分文。不过迭戈告诉我，一夜风流对他们来说也是常有的事。

"瓦姆吗？"有人问。

奥拉夫出来了，他像回答老师问题的小学生一样翘起一根手指，一张脸因为和阿根廷人理论而涨得通红。

"不好意思……"

我跟他进了办公室。他低头进门；而我，勉强还行。

"坐吧！"

他说起来话轻声细语，像是小姑娘在碎碎念。你看他一眼，他就唰的一下满脸通红。真是个怪家伙！毕竟他长得那么像道

---

[1] 这辆能说话的汽车叫KITT，与圣基茨岛的英语写法Saint Kitts相近。

夫·龙格伦[1]！少说也有两米，人高马大！

他清了清嗓子，坐下来，笑起来傻气十足。他在裤子上擦手的间隙，我开始好奇这样的家伙会给我一份什么样的工作……

"你认识布兰达和弗卢基吗？"

我太认识了！那就像在牛排大餐上遇到一位素食主义者，很难不记住他！

"嗯嗯！"

他盯着自己的脚，用眼角瞟了我一眼，接着说："她想要你跟她一起表演。"

突然间，他涨红了脸，又开始盯着自己的脚。看来海盗般的躯壳里倒装了一颗小姑娘的心。天性这东西还真是难以捉摸……

*

小百老汇是一座剧院，就在"天堂出口"前面，可以容纳千人观看表演。节目五花八门，形形色色：魔术、通灵、杂耍、颜料秀，当然还有布兰达和弗卢基。

上船之前，这女的在英国已经大有名气了，还上过电视。千真万确，我在油管上看到过她。她在舞台上走来走去，弗卢基后腿站立，跟在她后面走。这也太无聊了！但那些肥佬喜欢，个个拍手叫好，就差女的脱了内衣、男的脱了内裤往舞台上扔了。当年迈克尔·杰克逊在世，影响力也远不及此。

她的表演秀就叫《和弗卢基待一晚》，这是"海洋之王"上当

---

[1] Dolph Lundgren，瑞典动作片男演员。

季最火爆的节目。带着她家狗，这女的一晚上就能赚三百五十美刀；一晚上就三次表演，一次才十五分钟，换算成时薪等于是每小时将近五百欧。你赚得到这么多吗？这都能跟93省最赚钱的毒窝一较高下了，更何况，这还是合法的收入。

我到后台去找布兰达。

先遇见了一个超级健硕的小人。他有一双巨人的大手，但身高连普通的骑师都不及，算是短小精悍。而且，他满脸皱纹，整张脸就是一粒葡萄干。

他穿着一条背带裤，腰间绑了一根皮带，零零碎碎的东西都挂在上面：手电筒、米尺、钳子、螺丝刀。肯定是用来找乐子的。葡萄干玩得够大啊……

"你是？"

"我叫瓦姆。"

"夸特佐·马里蔻特拉里，秘鲁人，你可以叫我卡兹。"

卡兹伸出手来，一把握住我的手，我瞬间便感受到了他迸发出来的力量，那种绵亘千年的力量，那种来自他祖国的力量：山脉、岩石、金字塔、羊驼、秃鹰，雅克·瓦布雷[1]一边看着风景一边一口气喝完一杯咖啡。这粒身高才一米五六的葡萄干散发着一种本真和稳重的气息。

"卡兹，你好！我在找布兰达和弗卢基！"

他的双眼顿时便现出杀气，眉宇间怒容满布，脸上皱得比之前还要厉害……

"你在逗我玩吗？"

1　法国知名的咖啡品牌。瓦姆此处想起的是广告中的镜头。

他问我是不是在跟他开玩笑。

"没有，没有，真的没有！"

"我讨厌死那只狗了，那只该死的弗卢基！"

我不知道该说什么了，这咬牙切齿的恨意我已经心领神会了。

"你好！"后台的另一端传来了一个女人的声音。

布兰达来了。

她比初次见面时亮眼了许多，顶着一头精心打理过的头发。

"希望你的贱狗没和你一起来！"卡兹挑衅地说。

"别又找事，夸特佐·马里蔻特拉里，消停一下！"她寸步不让。

好家伙！她直呼人家全名，甚至不带半分犹疑，一字不落；被灭了威风，矮大个这才老实了下来。

他走开了，路过工具柜的时候，顺手拿了一件；估计就是天生爱装腔作势，毕竟刚刚才丢了面子。东西往皮带上一挂，他就消失在幕布后面了。

"你好，瓦姆！你来了，我太开心！"布兰达对我说。

"谢谢，我也很开心！"

她格格的笑了起来，像个娼妇似的。她居然还脸红了。

"不好意思，闹了这么一出。卡兹向来不太喜欢我的狗……"

"狗肯定也不喜欢卡兹。生活就是这样！"

她笑得更起劲了。刚开始我还有点懵，后来才意识到自己冷不丁地用英语玩了个文字游戏[1]！我这英语终于有长进了！这下可没文化障碍了！

"我们去看一下弗卢基吧！"

---

1 卡兹发音与英语里猫的复数 cats 相近。所以瓦姆的回答也可解为"狗不喜欢猫"。

她穿过后台，到舞台上去了！我也上台了！整个大厅都亮堂堂的。场内的红座椅成百上千，但现在空无一人。内心不免紧张了起来。弗卢基坐在台上一动不动，就像是一只埃及法老的狗，端坐在一束圆光中。

这小王八蛋可是明星，它心里清楚得很。

"弗卢基！看我把谁找来了。"

它抬起屁股，朝我们走过来，用鼻子嗅了嗅我，布兰达乐坏了。

"有些人，弗卢基一直都记得的！"

这狗把鼻子凑到我的宝贝上！我转向布兰达，想躲开它。结果，这狗的嘴一下扎进我的屁股里去了。它一直在我身后瞎折腾，我只能强装镇定。

布兰达跟我说"百搭"的事迹（我跟那个低能儿的故事）早就印刻在她脑子里了。她说她当时就在场，目睹了一切，还忍不住哭了……

"你人真的太好了！大家都很喜欢你！你生来就是一块能逗大家开心的料！真的！"

这话当然说得没错；有一段时间，我还一直期待着和韦斯利·斯奈普斯（Wesley Snipes）搭档，一起出演动作片呢；他的海报在我的房间里挂了很久，《刀锋战士》系列简直让人惊叹！

布兰达看着我，脸上挂满了笑，她在等我的回应，等着我说些诸如"是啊，我喜欢逗人家开心"或者"太好了！那就是我的梦想"之类的话。通常，美国佬在《危险边缘》[1]里比拼完智力，拿了

1　*Jeopardy!*，美国一档电视智力竞赛节目。

第一，或者必须表达自己的喜爱时就会说这样的话。在美国，春风得意就得秀给人家看！你越秀，别人越觉得自己被当回事！

你得在地上打滚，你得不停鼓掌……就差把你的命根子拿出来，在所有活物面前显摆一下了，要不然别人会以为你不开心。

当时我没立刻回应，主要是因为我不太自在。

不明物体在挠我的腿……我往上抬脚想把腿抽出来，但那东西抓得更紧了。我越动它抓得越紧。弗卢基！这个王八蛋竟然在我的衣服上蹭自己的老二！吐着舌头，瞪着眼！活像个色情狂！我只能忍，可不能让别人说我连只狗都搞不定！然而，火气不减反增。尤其是眼睛后面，似乎降下了一道黑纱。

幸好布兰达来替我解围了。

"弗卢基，别这样！你太调皮了！"

她用双腿夹住它。它才没继续蹭来蹭去，把自己的小老二藏回去了。

"看吧，这证明弗卢基很信任你。这太重要了！"

就这样，我正式步入了演艺行业。

卡斯特里[1]

起初我还没意识到跟"美女与野兽"同台表演时我是什么身份。反复的彩排之后，我才搞明白：我其实就是他们舞台上的助手。

你看过魔术表演吗？总有一个女帮手给魔术师递送物品，或者是配合表演假装自己会被锯成两半。这就是我现在的身份。只不过，他们给我的不是公主裙，我也不用扮成芭比欺骗观众。相反，我的舞台装相当契合表演主题。我扮成一根大骨头，没错，就是内含骨髓的骨头。

你见过动画片里那些设计感十足的大骨头吗？我跟那些差不多，只不过衣服上给我留了几个洞用来放脑袋和手臂，还给我配了一双白手套。

说实话，说不郁闷是假的，但我一句牢骚话都没说，我再也不想回底舱那个鬼地方了。

"弗卢基，你的骨头呢？"排练的时候布兰达把这句话挂在嘴边。

我就在后台候场，等着这狗找过来把我拉上舞台。然后，所

---

1 Castries，加勒比海岛国圣卢西亚的首都。

有人都会哄堂大笑。当然，这只是设想……接着，弗卢基就开始刨地，一副"我把刚刚从厨房偷出来的骨头埋在花园里"的样子。这是整场秀最大的看点。这个时候，我得假装往后台逃，狗追上来，把我弄进地板上的某种活动门里。傻了吧唧的剧情，但深得观众喜爱。我反正是不太懂。

我们彩排了两天。

在餐厅吃饭的时候，我跟艺人们坐在一起。

自己现在也是演艺界的人了。

我扭过头去看，看到那一桌桌以前跟我一起工作的人。迭戈、蟑螂杀手、弗朗西斯、波比。突然感觉自己成了个叛徒。我过去看他们的时候，他们也不跟我说话，就像我们之间的关系断了一样。

那我就顺其自然吧，这样更好。我跟其他人成了朋友：阿根廷同性恋、极限潜水员、印度魔术师、斯拉夫柔体杂技演员、荷兰哑剧演员、中国杂耍演员、澳大利亚皮影戏演员、罗马尼亚小丑、得克萨斯飞刀客，还有克努特·奥拉夫松。

每次他们问起我的看家本领，我都有些难为情，只能回答，"在布兰达和弗卢基的表演里演骨头。"奇怪的是，他们既没有大惊小怪，也没有当面一套背后一套；完全没有，他们打心里尊敬我这个人！简直难以置信。

他们问我当骨头的感觉如何，甚至有人跟我讨论表演方法，关于俄国一个叫康什么斯坦尼斯拉夫斯基的家伙提出来的表演方法；还有个家伙问我怎么酝酿感情，他觉得要跟骨头感同身受难度太大……

在他看来，要发掘一块骨头的灵魂，还得在舞台上还原出来，这任务相当艰巨。我不知道回他什么，毕竟我根本不知道他在跟我说什么，我只能说"是啊！"，然后赶紧再去喝一杯胡椒博士[1]压压惊。不然我还能怎么办？

结果，他们反倒更敬佩我了。

*

1月16号，这个日子，我永生难忘。

"海洋之王"正驶向圣卢西亚。晚上八点。

人生头一遭，我上台了！

魔术表演结束了：那家伙在特百惠收纳箱里待了五分钟，终于出来了。那个箱子只有登机箱大小，但这个身高一米八的家伙竟然把自己缩成球挤了进去。可怕。

我在后台候场，布兰达和弗卢基就在我旁边。布兰达顶着一头平整的亮发，抹了不知几升的发胶，头发丝纹丝不动。狗趴在地上，眼巴巴地望着台上，宛如一只盯梢的猎犬。它不时转过头来看看我，那眼神含情脉脉，仿佛在看自己心爱的女生……另一个家伙登台了，他打扮得跟新年前夜的电视主持人米歇尔·德吕克[2]一样，连领结都戴上了。

"女生们先生们，现在，让我们热烈欢迎……布兰达——和……弗卢基——！"

全场掌声雷动。

---

[1] Dr Pepper，美国碳酸饮料品牌。
[2] Michel Drucker，法国知名电视主持人。

布兰达和弗卢基登台亮相。

这个可笑的女人在台上跟狗玩木环，我悄悄从幕布缝隙窥视全场。人头！黑影！不计其数！缩在骨头服里，我慌作一团，心里七上八下，肚子里翻江倒海，嘴里泛酸想吐，全身汗流不止，仿佛一只被烈日炙烤的山羊。而且，这汗闷得我浑身奇痒无比，我都想直接用海绵在身上搓了！

桌上有一瓶水，我焦渴难耐。该死！我都没法把水瓶送到嘴边，这衣服太碍事了，穿上它我毫无反击之力，感觉自己此刻就像是想要拉弓射箭的米米·马蒂！

"哥们，等一下！"

卡兹这家伙人还不错，给我灌了几口，但根本于事无补；我唇焦口燥得就如同撒哈拉七月份的热风在我嘴里肆虐一般。

马上就该我上场了。

我听到布兰达在场上跟弗卢基说："弗卢基，你的骨头呢？"接着，这狗就冲过来了。

以往排练的时候，这狗会轻轻咬住我这衣服的底部，然后把我拖到台上去。但现在，我也不知道怎么回事……我根本动不了！完蛋！如同广场上的雕塑一般纹丝不动。我想动也动不了，脑子不听我指挥！弗卢基焦躁起来，它低吼着，疯了似的使劲拽我的衣服，但我依旧动弹不得，它开始狂吠。

"弗卢基，别叫，怎么了？你在跟你的骨头决斗啊？你肯定能赢！"布兰达在舞台上喊，努力控场，相当专业。

观众笑开了花，他们以为我们已经开演了。狗吠得声嘶力竭，咬牙切齿，满腹怨气；我也受不了了，只想赶紧离开……正准备开溜的时候，屁股上猛地被人踹了一脚！好家伙，直接把我送到台上去了！卡兹搞的鬼！掌声雷动，几千双手在给我鼓掌！弗卢基接着往下演。

"对你这样的小家伙来说，这可真是块大骨头！"布兰达说。

戏还是得演。按照彩排的流程，接下来为了躲狗，我应该往后台跑。我跑了起来，结果绊了一跤摔了个狗吃屎，四肢大张，直接趴在了台上。奈何手臂太短，戏服又太紧，我根本没法站起来！我没辙了，只能靠撅屁股挪动。

观众狂笑不止，现场氛围更狂热了。弗卢基不停地叫，围着我打转；我只能慢慢蠕动，往后台爬。眼泪都流出来了。接下来上演的这幕则让《和弗卢基待一晚》火爆了全船。这狗扑上来，露出小老二，想往我屁股里插。节目里可没安排这一出！但那些家伙才不知情，他们欢呼，大笑，喝彩！那爱狂热得跟加勒比海涌上白色沙滩的浪一样，都溢到台上来了。

"弗卢基，别乱来！这是根骨头，可不是你的女朋友！"布兰达大笑。

我决定赶紧结束这场闹剧。我爬到舞台地板上的活门那里，努力往里钻；弗卢基一直赖在我的屁股上，死死抓住戏服。一块掉下去的时候，它才从我身上脱离。我站起来，听到上面观众的笑声依旧不止，布兰达不停地说："天啊！弗卢基真的是爱上这块骨头了！"她招呼小狗上去，弗卢基爬上楼梯，重新站上了舞台。

经久不息的掌声一直传到活门底部。

我就跟一只耗子一样，穿着我的戏服孤零零地待在下面。

甚至都无权感受一下这种满堂喝彩的风光……

布里奇顿[1]

我依旧是百搭,但是是一个高级百搭。我每天跟布兰达和弗卢基一起表演四十五分钟;但对公司来说,光这样我还不挣钱,所以我还是得干其他的活。波比让我跟着"教授",这家伙负责管理"天堂出口"所有商铺。说实话,这差事倒不错。冰淇淋、纪念品、衣服,我什么都运。唯一烦人的就是,每次运货我都得先换一套行头。

想送甜甜圈?他们会让你穿一件绣着甜甜圈的围裙,把你打扮成一个甜甜圈小贩。不过,这装扮是给教授准备的;至于我,得穿成个甜甜圈。

如果是给"加勒比之梦"纪念品店运送那些垃圾塑料玩意,那得打扮成海盗模样,头上蒙头巾,耳上吊坠环,就跟罗马尼亚女人一样!

给"华服角"送货也是如此,你得在打扮上跟人家统一战线。第一次穿他们家的衣服时,感觉自己滑稽可笑。甜甜圈,还能凑合。大白熊、大骨头,也能应付下来。但要打扮成小资,那就太坑人了。条纹衬衫,正面打褶的灰色西裤,简直是噩梦。况且,

---

[1] Bridgetown,巴巴多斯首都、最大城市。

穿了那衣服，身上奇痒难耐，尤其是脖子那块。那些领子，布料下都有塑料内衬，跟会计戴的领带倒是绝配。至于鞋子，都是双色镶拼的船鞋！每次我推小车去"天堂出口"送货，都感觉自己投胎成了一个百无一用的废物，仿佛是给猎食者准备的猎物。忐忑不安，我时刻留意四周，以尽早发现可能会找我麻烦的"社会青年"。不过还好，万事太平，四下安全，我不认为肥佬们会围上来剥我……

*

"华服角"称得上是全场最有格调的地方：红木墙、镀金的海军用品、复古的煤油灯、老式的舷窗、旧帆船的画，贵气十足。教授跟女营业员盘货时，我就在一旁卸货。换上那身衣服，我身处其中竟也毫无违和。肥佬从我面前路过的时候，还会向我致歉。我也是他们世界里的人了！当牛做马了大半年，终于被当成个人了，心里宽慰了不少；毕竟从来都是为他们服务，给他们刮水擦地，为他们传菜，帮他们灭蟑螂，替他们清洁泳池机器人……

被当作他们中的一分子，便是一种认可。

"你好！"

一女的，25岁，金发，酷似名媛帕丽斯·希尔顿。

"你好！"

"你是店员还是顾客？"

我不知道是这笑抑或是什么的魔力，我竟听懂了她说的话。我在这打工还是一个穿卡骆驰的阔佬？但我还没来得及开口，撒旦就先插了一脚。

"他就是个百搭！"

约翰·库珀！乘务员之王！他提着这女的逛街入手的所有战利品，寸步不离地跟在她后面，看着就是一副皮条客追着自己摇钱树的贱样。他竟然还立马给她解释百搭是个什么东西。那女的当场脸色就变了，对着我露出尴尬的微笑。这混蛋短短几秒就坏了我的好事。

出于礼貌，她补了一句："祝你好运！"

"走吧，金柏莉！"

约翰·库珀领着她往出口去，我目送他们离开。刚出店铺，他就转过来，给我比了一个中指。这家伙是不是有病？

没了心思干活，下班之前净惦记那女的了，当然还有那个搅屎棍。刚刚摆在我面前的可是千载难逢的机会。就算我心里清楚我不应该跟顾客套近乎，但我真是怒火中烧！我本来也不会干什么！他们都跟我交代得清清楚楚了。但这是个原则问题，决定权在我自己手里，哪轮得到某位约翰·库珀对着我指指点点，告诉我应该做什么？这几个月以来，我都忘了泡妞这回事了。这王八蛋就这么当面让我难堪，一点面子不给我留？

在邮轮上，艳遇可谓阳光，也似危机年代的金子，稀少而珍贵。独处的漫漫长夜令人抓狂。没人谈起，但谁都情欲难耐。于是乎，所有人都全心全意扑在工作上好压制那些冲动，把它们藏进内心深处。而且，性这东西会搞坏气氛。你要是看上了哪个女的，结果另一个男的抢在你前面把她拿下，那冲突便不可避免，战火一触即发，甚至还会引发群架。三个足球场大的地，挤了两千人，场面失控便是一瞬间的事！一旦船上吵翻天，炸开锅，那事故也就不远了。

这事对老板来说不太好办。所以，他们既不明令禁止，也不公开许可。但凡你被逮到跟顾客搞在了一起，你就准备卷铺盖走人吧。当然罪名不是你跟人家风流快活，他们会找个其他的借口把你打发掉。双方都是成年人，有权一起滚床单！这是人权，天经地义！但脱掉裤子一时爽，下床还得滚下船。

当然也有例外。比如纳尔逊和蒙福，一南一北两个傻子，我的邻居……他们俩就能光明正大地在寝室里办事，免死金牌就是上船之前他们俩就在一起了，签了同居协议。

这也是他们俩能占一个原本要住四个人的小单间的原因。经理对他们赞赏有加，毕竟他们干起活来相当拼命：跟着赫尔穆特·莱因哈特在厨房搞创作，他们可是艺术家。所以，生活自是非同一般：想快活就能快活，还能享受私人空间。他们的单间如同客舱一般。其他船员通常就在墙上贴两三张照片，老婆孩子、自家房子、摩托车、老黄牛、玉米地……可他们搞了个，怎么说呢……你还记得《爱心熊》[1]的世界吗？他们单间的墙上全是五彩斑斓的云，粉红的、天蓝的、淡淡的，温温柔柔，甜甜蜜蜜，就像一块巨大的甜糕。摆着些长毛的粉色垫子。拉得叫人捏一把汗的电线点亮了串串彩灯。印度彩布挂在墙上，台灯也喷上了橘黄的油漆。

他们知道我是法国人的时候欣喜若狂。说实话，反正我是菊花一紧！不过，他们也没打我的主意，只是沉迷两个法国艺术家罢了。像是一对同性恋……非常有名，之前跟麦当娜合作过，叫

---

[1] Care Bears，原为贺卡上的卡通形象，后衍生为绒毛玩具、系列动画片及电影。

什么皮埃尔和吉尔[1]……可惜我没听说过,让他们很失望。

*

还有些人也能随心所欲风流快活,那便是船上的"驻船舞伴",那些在船上享受免费住宿,因而跳舞的时候分文不取的老大爷。也正因此,他们和阿根廷人打起了对台!你纳闷同志怎么会跟直男水火不容?"驻船舞伴"的登船目的便是寻欢作乐。他们勾引那些与他们同辈的女人,上了年纪,有钱,但她们原本是阿根廷人的猎物。

这样一来,留给这些小伙子的只剩下年轻漂亮的那类女游客,但她们可不会给小费,顶多是脱掉裤子!阿根廷基佬要这种女的有什么用?所以他们不干了。你现在明白这局面了吧?

所以两边剑拔弩张,战争已经持续了至少一个邮轮季。不是自我吹嘘,还真是靠我结束了这场战争……没错,伟大的和平使者,就是我,瓦姆!

有一天演出完,我脱下骨头服,换上"不高兴"给我的新版百搭便服。那个时候我正在后台,阿根廷人的老大路易斯和一个老家伙之间起了争执,我就在旁边目睹了一切。老家伙头发花白,身上穿着1970年代意大利皮条客标配的"奶油西装",脚上是双色香槟船鞋,看起来已经七十多岁了。他是斯坦利。

路易斯气急败坏,双臂在空中胡乱比划,到处乱甩,仿佛是在试图起飞。老家伙就在旁边看着,一副气定神闲的样子,又

---

[1] Pierre et Gilles,法国当代艺术里著名的双人组合,以个性独特的肖像作品享誉世界。

或者只是(有点呆)……因为总有一个年纪,人会有些精力不济。路易斯让斯坦利别碰六十多岁的老女人。

老家伙回应道,老太婆想跟谁跳舞就可以跟谁跳,受女人欢迎又不是他们的错!他接着说,他们六个驻船舞伴以经典复古舞风见长:探戈、狐步舞、抽筋舞(我不知道竟然有这种舞)、扭扭舞、麦迪逊舞……这些舞步,就连当代年轻人都喜欢跳上一曲,看来这就是所谓的舞蹈复兴了。

老家伙说着说着就笑了,说纳闷像路易斯这样的年轻人怎么会把他们当成对手。阿根廷人上去就是一巴掌,耳光声在整个后台回荡。我自然也不能冷眼旁观了。

"嘿,兄弟!"

我根本不知道"兄弟"用西语怎么说,只能自由发挥了……阿根廷人说话的音量降了下来,虽然我身着百搭服,但我现在在船上也算是德高望重了。

他火冒三丈。老家伙抢了他们的生意,他们感觉自己成了陪衬的绿叶。

我全明白了。这不就是咱们郊区"新城"里常见的矛盾嘛。某个毒窝抢了别家的生意,于是导致了一场冲突。要解决问题也简单。要么干脆让另一家关门大吉,把生意都给那一家做了,要么就得让他们和平相处。鉴于我们在海上,没法把老家伙和阿根廷人中的一方扔到岸上去,所以我劝他们做笔交易。

阿根廷人对小姑娘不感兴趣,他们只想要钱;而且,他们都是同志,也不想上人家的床。相反,这些老家伙,他们对钱不感冒。这些俏老头,老滑头,就是图个开心,想进棺材之前再逍遥快活一番,最好是风流一把!要是阿根廷人跟老太婆玩,老家伙跟小姑娘玩,岂不是皆大欢喜……

我一通分析,把利弊给他们捋得清清楚楚;我也没期待能有什么回报,只当是助人为乐。这两个家伙相视一笑,还抱上了。能这么解决问题倒在他们意料之外。傻子,我平日里也见过,但这么呆头呆脑的……

所以,他们还过来抱了抱我,我突然也成了他们的好兄弟。心里不免有些得意,没想到我还能操控人的灵魂,几乎成了一名魔法师!

*

吃独食的还有乘务员。他们平时就在客房附近出没,跟游客或多或少有接触,自然也少不了风流韵事。风险不小,但他们还是乐此不疲,争先恐后。除了一个约翰·库珀,他根本不碰这种事。他精着呢。像他这样坐拥一座金山,自然树大招风,哪个不想坐上他的位置。所以,他才不会冒险去拈花惹草。要我是他,我也这么做,管好自己的下半身,以后再花天酒地。

每次有人告诉我说他跟人睡了,我都一笑置之。大家热衷于给他编故事,添油加醋。不过,他这人是个变态,决不肯为了这种风流韵事自毁前程。当着那个克隆版帕丽斯·希尔顿的面给我难堪,就是给我个下马威,提醒我注意他才是老大。

金斯敦[1]

我依旧住在海平面以下,但我在那里的工作可能会越来越少。克努特在波比面前把我狠狠褒扬了一番。确实,得亏我当了一次加勒比的库什内[2],才让克努特摆脱了那个困扰了他几个月的大麻烦。

布兰达也支持我转战演艺圈;晚上要表演,她一点也不希望我白天也工作。她希望我能随叫随到,这样万一她要对节目作调整就方便许多,而且还得有人管着弗卢基。"海洋之王"上的大明星都发话了,谁敢跟她唱反调。所以波比就让步了,我被调到她手下。

但我确实不解的是,怎么会有女人愿意为我担风险呢?受宠若惊,但还是觉得太过蹊跷。看来为了报恩,我也只能以身相许了!

她和游客一样住客舱:双人大床、独立卫浴、海景大窗。当明星也太值了!这是我第一次到客房甲板,跟我擦肩而过的肥佬个个春风满面,我还从没这么近距离地看过他们。这些人里,有

---

1 Kingstown,圣文森特和格林纳丁斯的首都,也是该国的主要港口和商业中心。
2 Bernard Kouchner,法国政治家、外交家、医生,无国界医生和世界医生组织创始人之一。

些也没我想象中那么大腹便便，就是正常肥而已。1240房，我到了。裆里半软不软的，那是紧张；脑中浮现出布兰达的面容，她的翘臀，她的英式小嘴。没问题的。我轻轻地敲了敲门。

"谁？"

"瓦姆！"

钥匙在锁里转动发出声响，从舷窗透进来的光晃得我头昏目眩。布兰达穿着棉浴袍，头发向上扎紧，身上的味道闻起来干净而清爽。我一下感觉全身火热，但我才不会鲁莽行事，跟三级片里的男演员一样非得把对方弄晕了才罢休。

"我想来谢谢你帮我安排的工作……"

"不用谢，进来吧！"

房间不大，但贵气逼人：平板电视，迷你酒吧，一应俱全。弗卢基待在小篮子里看着我，尾巴摇来晃去，眼睛都在发光。

"坐吧！"

我在床对面的扶手椅上坐下来。

"你喝什么？"

"跟你一样。"我说。

随机应变，伺机而动。她倒了两杯伏特加，没有加水，也没有放冰。她正忙着倒酒的时候，那狗站起身来，直接把大鼻子凑到我的老二上来。

"弗卢基喜欢跟人闹着玩。"布兰达递给我一杯。

它当然爱吹箫玩……垂涎三尺，口水都流到我裤裆拉链上了。待会儿走在过道里，我还得想法遮掩……布兰达对着我在床上坐下了。一双腿娇皮嫩肉，吹弹可破，冲凉时用的脱毛膏的气味还残留在上面。我的大宝贝起来了，弗卢基的大鼻子在边上蹭来蹭去，完了。

"我要跟你说个秘密，瓦姆！"

我们碰了一下杯！

"我知道。"

"你太敏锐了！"她格格的笑了起来。

禁欲了大半年，甚至做白日梦的时候我都念着这件事。我站起身来，杯子挡住我的擎天柱，狗幽怨地盯着我。我要坐到床上去，靠着她坐……我以为她是在思考抑或是在假装矜持，等着我采取行动。我直接扑上去！想伸舌头！紧闭双目，张口卷舌。性爱三部曲。布兰达用手把我推开了。

"别，别这样，瓦姆！你误会了！"

为了给自己留点面子，我只能辩解说，男的都是用下半身思考的动物，自己一时昏了头，才没把持住："对不起……性欲突然上来了。"

"我其实是蕾丝边……我爱我的女朋友。"

该死！老子好不容易有了性福的希望！我不断赔礼道歉，毕恭毕敬，表示完全尊重她的性取向。等到她笑了，我才松了一口气……只要你积极认错，女的很快就会心软原谅你。人之常情，她们也理解。布兰达给我看她对象的照片，那姑娘是葡萄牙人，黑色无袖圆领T恤配凉鞋，只看双臂还以为是个摔跤运动员。

"我之所以跟波比把你要过来，是因为我信任你。我希望你可以帮我多照看照看我的狗，可以吗？"

"当然，我最喜欢狗了！"

就这样，我成了狗保姆。

*

布兰达烦恼的其实就是中途停靠的时候，她每次都想上岸，但没法随身携带弗卢基，不然要面临一堆检疫隔离之类的麻烦事……她又不想把狗扔在房间，所以我就成了临时的狗倌，你要是喜欢的话，说成"弗卢基倌"也可以。她干了酒，跟我说她从不放心把狗交给其他人照看，就是她远在南安普敦（一个英国村子）的老母亲来照料，她都不放心……

但是交给我，她很安心。

况且，弗卢基可不会看错人。

这狗一看到我，就兴奋得小老二都露出来了！即便我穿着便装，没在那根大骨头里，魅力都不减半分！

我都好奇自己哪来的魅力。

圣乔治[1]

你要不是发自肺腑地想当水手，就会想念陆地，想念树的气息、草地的颜色和新鲜的面孔。虽然每星期穿卡骆驰的肥佬换了一波又一波，但在某些瞬间你总会觉得他们面目雷同。抱着同样的理由起航出海，讲着同样的人生故事，自然人也相差无几，总归是穿洞洞鞋的肥佬。不管是中国还是非洲，到处都一样。即便你心里明白他们各不相同，但有时候，眼前的所有人都是同一副嘴脸，宛如克隆一般。

跟很多人一样，布兰达也害了"小岛综合征"，陆地让她魂牵梦萦。她已经跟着"海洋之王"在海上飘荡了一年，原来那些乐事都索然无味了起来，而且，她很牵挂自己的对象。

艺术家最容易为这种思绪所触动。而底舱里的人就没那个闲工夫去为这个忧心费神的。他们要努力赚钱，才能修完自家花园深处的水井，才能喂饱自己的孩子，这才是人生大事。

至于布兰达，她想在哪工作，就能在哪工作，陆地抑或海洋，她没有任何负担。那些跳舞的老家伙也是如此，无牵无挂。

但其实，跟他们交往多了，我还真有点同情他们。老家伙

---

[1] Saint George's，格林纳达的首都。

们请我去喝过几杯。去过一次之后，我才知道之前是自己太想当然，他们从来不是无事一身轻。那次，我、斯坦利和另外两个老爷爷一起待在一个小间里。他们习惯下午两点小酌一回，几杯"摩根船长"朗姆酒下肚就有了醉意。虽然个个脸通红，但头脑不失清醒，高谈阔论，滔滔不绝。唯一让我别扭的是，床头柜上的玻璃杯里浸泡着一副假牙，盯着它让我分了心。不过，我听明白了一件事：这三个家伙把这当成了自己最终的归宿。一个失了家人，成了孤家寡人；一个跟自己孩子闹翻了，众叛亲离；最后一个因为金融危机破产了，家财败尽："一次信贷危机"，他跟我说这话的时候还在笑。所以，既然都不打算下船，他们三个人约好活着的时候互相支持、一致对外，归宿就在这了。至于如何度过生命的最后一段日子，他们想跳舞，想宿醉，想风流，所有还能做的事他们都想尝试。一起消磨生命，仿佛是在自杀，只不过没有头上直接来一枪那么干脆利落。

而我则介于布兰达和伴舞老头这两种人之间。我没把能不能上岸这事放在心上，但也不想老死在这船上，所以我随遇而安。照看弗卢基，这可是份好差事，我没理由不干。

况且，要做的事也简单。你一早赶到布兰达的房间，进门便看到弗卢基挺着它的小老二在恭迎你；你带它到外头去散步，日光浴场、漫步大道、露天甲板。总之你现在可以到处逛了，只不过你得带着这只耳朵上架着海军帽的小狗。这可都是白纸黑字写在合同里的，主要也是为了给表演打流动广告，格鲁斯马戏团[1]开演前不也会安排一辆小卡车在别墅区里吆来喝去？只不过，没有

---

1 法国知名马戏团，从十九世纪传承至今已有至少五代。

高音大喇叭帮弗卢基喊，它只能靠到处尿尿来宣告自己的到来。说实话，它简直就是行走的洒水壶！滋！滋！栏杆无一幸免，范围之广，说它是喷雾器也不为过。不过，这事船长也知情，它就是能这么横。要是哪个肥佬抱怨它随地小便，那你就装出生气的样子喊："哎呀，弗卢基你真是太顽皮了！"然后双手腰间一插，就像发火的大白熊那样。不过，那些胖子才不会真的跟它计较，它可是大明星。

遛弗卢基就是天大的好事。人们还能认出我来！我就是台上那根骨头！他们热情洋溢地要跟我合影！我摆好姿势，抱着弗卢基，一个女胖子贴过来，身后是大海和阳光。弗卢基转过脸来、含情脉脉地看着我；这个狗东西，我早晚会爱上它的。

至于大便，弗卢基从来都在一个地方解决，这是跟船员们约好的。到船尾的一块露天平台上待十五分钟，这已经是惯例了。那里与海面相平，像是邮轮向大海洞开的一扇门；这相当于一个迷你码头，邮轮中途停靠的时候便是从这把摩托艇放下海。因为有些胖子碍于麻烦不想上岸，就租摩托艇，在这片海域里活动。他们在海上驰骋，绕着邮轮转圈，这也别有一番乐趣。我要是他们，我也会在摩托艇上花大钱玩个尽兴。你不用下船，爬上摩托艇，加一下油门，然后就出海了，就像詹姆斯·邦德一样，只不过他们是穿了卡骆驰的肥版詹姆斯。

通常，都是弗卢基领着我到那边去，它认路。我们沿着通道往下，先经过一个泳池，穿过一间供应早餐的餐厅，出来之后借道"天堂出口"商场，等到了日光浴场就左转，又是一个泳池，沿着它走，再从船舱里面穿过去，沿着剧院和夜总会中间的走廊走到一个巨大的楼梯前面，下三层走到水疗中心和健身房。后来，我自己也会走了。

走一路闻一路，弗卢基的鼻子就没消停过。不过，整条船上就只有它一只狗，所以它大概也只闻得到自己的气息。估计也是这缘故，它老是有点疯里疯气的。想想它的遭遇，跟一个人待在荒岛上的汤姆·汉克斯还有几分相似！即便身边有人陪伴，但闻不到同类气息肯定让它有点郁闷……

你能想象自己一个人待在小岛上，只有八千只狗跟你作伴吗？某些瞬间，你会极度渴望人类的陪伴，不是想快活一番，只是想说说话，让自己感觉自己还是个人！聊聊天，交流交流，这样就行了……至少这样就不用一直给狗扔棍子玩了！况且，那可是八千只！你手都得抽筋！

到了停放摩托艇的地方，弗卢基摆好姿势，鼻子贴在地上闻来闻去，好物色一个合适的地方清清肠胃。它在摩托艇和海水之间来来回回找，地点若是合适，它就会似陀螺一般在原地转几圈，接着蹲下来，好空投它的"哥特黑衣人"。接着，我就得垫着纸巾，用手把那坨东西打包好直接送进水里！也是一桩苦差事，但跟以往在船上干过的那些脏活累活相比，这已经算是在度假了。

一般来说，那东西会先在水面漂一会，再沉下去；有时候会跟漂流瓶一样被浪卷向远方。我会借机修工的喷水枪把地面冲洗干净，毕竟那两位机修工脸拉得老长，他们不喜欢自己工作的地方成了小狗每天早上排便的茅坑。但这可是弗卢基，"海洋之王"上的巨星，所以，他们也不敢有意见，只能自个儿生闷气！

西班牙港 [1]

花无百日红。暗礁险滩遍布,杀机暗藏,其实才是生活的真谛。

中了彩票,你给自己买了一辆奔驰,结果开车撞上了树,咔嚓,医生锯掉了你的双腿。

约上了一个辣妹,你引以为傲,趾高气扬,结果染上了性病。

吃了一块蛋糕,你心满意足,结果食物中毒进了医院,甚至被肠镜给捅了。

生活就喜欢跟你开这些玩笑,通过教训来让你明事理。乐也好,悲也好,并无差别,别太当真,都会过去的,都只是过眼云烟。哥们,这就是生存哲学。

就好比,遛弗卢基,这活够抢眼吧。但要是真出了什么事,你还能悠哉悠哉吗?就算是当明星犬的狗倌,命运也会急转直下。

---

[1] Port of Spain,特立尼达和多巴哥的首都。

*

这天早上,"海洋之王"停靠在菲利普斯堡,这是旅途的第三个停靠站。

弗卢基在原地转圈。我在一旁等着,面朝大海。海风从活门中吹入,好似一双巧手微微抚过我的脸。一天中最美妙的时刻莫过于此了。然而快乐总是短暂的。约翰·库珀领着一家人过来了,这是今天的第一批客人。这家伙看到我的时候,脸上隐隐划过一丝惊讶。看来我可是给了这位童男当头一棒。

他把这家人带到水边,三台摩托艇已经准备就绪。他搀扶着三位游客爬到这半小时一百美刀的高档玩具上。那个当爹的膀大腰圆,全身黑里透红,头上戴着一顶西部牛仔帽,神似电视剧《达拉斯》里那个王八蛋约翰·罗斯——那家伙要是在生意场上打了胜仗,或者是惹哭了自己的老婆,就会没心没肺地大笑,活脱一混蛋。接着是这肥佬的老婆,她看着像服装店的导购员,比他小二十岁,一对塑料一样的奶子傲然挺立在荧光黄的文胸下面。她要是让我去给她搓胸,我肯定义无反顾!跟他们一起来的,还有一个十三岁的小孩,长相欠揍,一张啮齿动物一样的小嘴里塞着牙套,头发蓬松散乱,嗓音不堪入耳,一开口就仿佛是被缆车撞了而哀号。可他偏偏还一直骂骂咧咧。

一位机修工正在电脑上处理发票,好给这位肥佬的账户再添一笔负担,不过他看样子也不缺这点钱。头上戴一顶缀着野鸡毛的牛仔帽,脖子上则是一条结结实实的大金链子,可不是小家子气的普遍小链子。这链子你要是连着戴上两个小时,接下来两个月颈托可就离不了身了。他那毛茸茸的肥手臂上还戴着块劳力士,我能认出来也是因为表带上镶的钻石过分耀眼夺目。

约翰·库珀跟那家伙套着近乎,和他说笑话,恭维他骑上摩托艇帅极了。得克萨斯人咧着嘴笑了起来,假牙尽露。说实话,约翰·库珀有本事让一个混蛋相信自己是不折不扣的大善人,这一点上我倒是心服口服。这就是天赋,但我也能胜任,只要让我挤掉他的位置。

没错,我相信总有一天我会上位。认真想想,几个月以前,我还卑如鼠蚁,整日穿得跟关塔那摩的囚犯似的,终日不见阳光。现在,老子在船上遛遛狗就能谋生;就算每天都要当一晚的骨头,现状也算过得去了。

那三台摩托艇停在船边,两位机修工用长杆把它们推远。小孩松开油门,摩托艇即刻加速,他立马大喊大叫了起来;直到他在那激起的千层浪里慢慢远去,他的尖叫才稍稍变轻,但依旧刺耳难耐。紧随其后出发的是幻想着一炮而红的十八线女明星,叫声同样惊天动地,果然不是一家人不进一家门。

"罗德尼,去玩警察抓小偷啊!"约翰·库珀对约翰·罗斯说。

约翰·罗斯一只手启动摩托艇,另一只在空中摇着自己的帽子,仿佛是要参加牛仔竞技。我用面巾纸把弗卢基的大便捡起来,扔到水里去。约翰·库珀扣好乘务员上衣的扣子,开始装腔作势。但看到我让他很不爽,周遭气氛都凝固了,他不仅把厌恶写在脸上,就连呼吸都急促了起来,但你完全摸不着头脑。

"你在这干嘛?"

"我带弗卢基来这大便……"

"所以你现在负责这狗?"

他说话的时候面无表情,眼神却死死盯着狗。弗卢基凑在地上闻来闻去,汽油、船舷、鞋上的流苏。约翰·库珀鹿皮鞋上的流苏。

"我现在是弗卢基的主人!"我回了一句,想缓和一下气氛。

我脸上挂起笑,并非是眼前这幕有趣,只是想让他对我留下一丝好感。然而只是吃力不讨好。两位机修工从工作室里出来,往厕所旁边的自动售货机买可乐去了。

只留下火药包约翰和狗主子瓦姆两人面面相觑。

仔细听的话,或许还能听到西部片里的紧张音乐。

约翰·库珀朝我走过来,我不自觉地握紧了拳头。

我已经准备好要被扇耳光了,这家伙的一记耳光。但约翰·库珀笑脸相迎,啪的一声,他猛地一脚,那力道几乎赶上伊布了,直中弗卢基的屁股!小家伙顿时栽进水里,贴着船体,沉到了水里,沉入了大海,只剩下它的海军帽浮在水上。难以置信,怎么会有人攻击一个体型跟自己差了十万八千里的小家伙?会遭天谴的!库珀,脸上堆满笑,走了,什么也没说。弗卢基把头露出来了,不停地用爪子往前划,想到船边来。

"弗卢基,加油啊,你可以的!"我大喊。

几番努力,但它不进反退。海浪涌来又退去,结果,它被带得离船越来越远。我跳进水里,一把抓住它的颈圈,把它拖到船边。一个机修工赶来,把它抱到干爽的地方;他又伸出长杆让我抓住,我才爬了上来。

"你还好吗?怎么回事?"

我没说实情,编了个谎话搪塞一番。就说弗卢基不消停,在地上嗅着嗅着脚下打滑滑进了海里。我没法告诉别人说约翰·库珀丧心病狂。谁会信呢？他可是大家心中的楷模；而我，就算我扮成骨头上台表演了，也还是个百搭。

威廉斯塔德 [1]

我把弗卢基抱回布兰达的客舱时,它就像一块湿漉漉的拖地抹布。一看到它,布兰达便失了魂,眼睛瞪得老大,眉头紧锁,嘴抿成线,就连头发都无力地垂了下来……

"天啊,弗卢基!怎么回事?"

我原地转几圈,像是在跳芭蕾一般,想让她看看我也全身都湿透了。但她根本不关心,她的心思全在弗卢基身上,只管拿着毛巾,不停地帮它擦拭。

"可怜的小家伙,你全湿了!"

"它掉到水里去了……在摩托艇那边……"

"天!"

她继续给它擦身子。这狗憔悴得不成样子,像一块拙劣的摩洛哥地毯一般平瘫在地,暗淡无光。我不知道它是不是备受煎熬,但看着让人不忍直视。魅力消失殆尽,小老弟也藏起来了,这信号……

布兰达抱它去洗澡,它温顺得都有点畏首畏尾,任人摆布;即便是冲热水的时候,也一动不动,只是蜷缩在角落,仿佛是

---

[1] Willemstad,荷兰王国在加勒比海的自治国库拉索的首府与主要都市。

餐桌上等待着被浇上调味料的法式蜗牛。布兰达帮狗抹肥皂的工夫，我把之前编给机修工听的谎话又重复了一遍……它在那里滑了一跤掉进了水里，我把它救了上来。

布兰达一下抱住了我，紧紧靠在我的胸前。我抱住她，闻到她身上清爽的花香味。结果，身体却有了反应，她赶紧抽开身子。

"别这样，瓦姆！"

"对不起，太激动了……"

她把弗卢基带回房间，给它裹上柔软暖和的毛巾。

"你身上味太大了，快去洗个澡吧！"她对我说。

*

站在淋浴头下，我刚好也能冲冲衣服；浴巾裹在腰间挡住下面，我回到房间里。

布兰达用吹风机帮弗卢基吹干。热风轻抚着它的狗毛，为了让它们干得更快一些，布兰达用梳子把狗毛翻起，仿佛给一个老太太打理发型，结果把它吹成了个大绒球，看着比以往更呆头呆脑了。

*

这次停靠期间，布兰达就没再下船游览了。她就在枕边守着弗卢基，它也不在狗窝里睡了，而是直接睡到了布兰达的床上，盖着被子侧躺着，张着眼睛，就那么盯着浴室的门。只有那偶尔眨巴的眼皮,还可以表明它是个活物。凭着这难辨真伪的装死演技,别说是盒装凯撒狗粮,就连状如压扁罐头似的法国电影凯撒奖奖杯都不在话下。

跟她的狗一样,布兰达也无所适从,一蹶不振。她把指头啃出血来,就那么呆坐在我推到床前的扶手椅上。有时候,她转过来看看我,仿佛是期待着我来告诉她该怎么办,帮她振作精神。但我也不知道该说些什么。眼看着狗憔悴不堪,一点点失了生气,逐渐成了一块一动不动的门毡,我们该怎么办呢?

*

海报贴满了"海洋之王"各个角落。

布兰达和弗卢基的照片上被贴上一条红道。

"演出取消!"

木已成舟。

但我接受不了。

我还想继续扮演骨头,我再也不想下到那无止境的黑暗里去,再也不想刮水擦地,再也不想当底舱里的蝼蚁了。

这天晚上,就像这几个星期以来每天晚上一样,我来到了剧院的后台。即便尘埃落定,我的演艺生涯已经结束,我还是打扮成骨头,坐在我的凳子上。

透过办公室的玻璃,卡兹看到了我,但他不敢看我。

布兰达最后说的那些话在我的耳边回响,但我不想听。弗卢基已经奄奄一息了,伤得比从一战中死里逃生的可怜人更严重。布兰达和公司签的合同也取消了。这趟旅程结束之后,她会在劳德代尔堡下船,回英国去。

一个黑影慢慢靠了过来,放轻了脚步,是卡兹。

"好了,瓦姆,结束了。"

他伸过手来想拿走这件服装师不敢开口问我要的骨头服。在幕布另一边的舞台上,中国的杂耍演员在灯光下风光无限;满堂喝彩,欢声不断,掌声如雷。

"结束了。"

我哭了。

奥拉涅斯塔德[1]

劳德代尔堡。早上十一点。

清晨五点,"海洋之王"便已经进港了。

游客四下散开。数千名肥佬沿着舷梯走下船,到登船大厅后的停车场去;几百辆大巴早已在那等候,因着烈日的灼烤,它们都闪着金光。舷梯下面,小叉车忙进忙出,从早上七点开始,它们便穿梭在码头上,不断往外运送垃圾。下一趟巡游所需的物资,也由这些小叉车源源不断运上船。

邮轮脚下,到处都是戴头盔的搬运工,十几个家伙从公司大楼里一个接一个出来,他们四处张望,面露忧色。这是一批新员工,新奴隶,领队的依旧是事务长唐纳德。

他们消失在了轮船腹内。一瞬间我有些慌乱不安,往事历历在目,恍如昨日:六个月以前,我只能像僵尸一般在底舱蹦跳。我再也不想回到原点,回到那样的生活里了,我想要生活在阳光下。

---

[1] Oranjestad,荷兰王国在加勒比海的另一自治国阿鲁巴的首府。

*

布兰达踏上了舷梯。弗卢基全身酥软，像一只没有筋骨的蠕虫一般躺在带轮塑料箱里。栅格那侧的它，眼睛暗淡无光，小老二也太太平平缩在里面。要把弗卢基带走，这箱子已经是布兰达能找到的最佳工具了，只是要一直拉着它，但去机场的路还长着呢。

想陪她走到码头，再多走一点，陪她走到搭乘出租车的地方；甚至可以借此绕道去一次网吧，看看我的邮箱……但这些都是奢望。我是笼中之鸟，如同带绳网球线尾那端的球一般，被绑牢在船上了。布兰达抱住我。

"我知道你是什么感觉，瓦姆。"

我想告诉她"我之前说的都是骗你的……"，但我开不了口。

"彩虹花园有个空缺的岗位，那地方是儿童乐园。你要是感兴趣的话，可以留心一下，经理是我朋友。"布兰达接着说。

我不知道这女人为什么对我的事总是这么上心，我一不是她爹，二不是她哥，三也不是她对象，她却总是帮我做打算想后路。不过，这活我恐怕力不从心：我怎么管得住一群小孩？我可没有仙女玛丽[1]的能耐。

"感兴趣的话就去找泰瓦。"布兰达最后说。

我紧紧地抱了她一下。她离开了，身后拖着弗卢基。那小家

---

[1] 美国迪士尼电影《欢乐满人间》中的角色，仙女玛丽化身为保姆来到人间帮助两位小朋友重新获得生活的乐趣。

伙，就躺在箱子里，躺在那轮子上。她沿着公司的仓库走，然后从我的视线中消失了。想起弗卢基，有些难过了起来，它还没离开，我已经开始想它了。我的一生中，除了我妈和家中姐妹，它陪伴我的时间最为长久，每天十个小时，整整五个星期。它是我最好的兄弟，我以前却浑然不知。

我回到了"海洋之王"的肚肠里。对弗卢基的回忆涌上心头，如同一出浪漫喜剧里的闪回镜头一般，一幕幕在眼前回放。

我又见到了弗卢基。在食堂里初次见面，它的小老二按捺不住跑了出来；后来每一次重逢，它的小老二都抖擞着精神，兴致勃勃。台上演出时，即兴表演燃爆了全场，欢声如雷，掌声不绝；在聚光灯下，我是骨头，弗卢基每每眼里满是柔情地盯着我。后来，用绳牵着弗卢基散步时，我又出尽了风头，不断跟路人合影，送出去一个又一个亲笔签名"骨头瓦姆"。我曾经在一本小资时尚的杂志上读到一篇文章，文章讲述的主人公长得还挺像女强人克里斯蒂娜·拉加德[1]，但他其实是纽约的一位白人艺术家，穿着独特而前卫，荡弟·沃霍尔[2]。就是他说人人都有权风光十五分钟，而我跟弗卢基在一起的时候所拥有的便尽是这样的体面，一个又一个十五分钟的高光时刻。

*

波比在办公室里大口灌酒，眼神涣散，失了焦点。那张北极

---

[1] Christine Lagarde，法国女律师与政治家，时为国际货币基金组织主席。
[2] 瓦姆想说安迪·沃霍尔（Andy Warhol, 1928—1987），其名字与指风流之士的"荡弟"（dandy）一词只差一个字母。

苔原的招贴画被撕扯成两半,像北非长袍一样从墙上垂下来。

"怎么了?"我指着墙问。

波比耸了耸肩,又给自己倒了一杯一饮而尽。他老婆扔下他走了,她遇到的一个德国阔佬带她去慕尼黑过日子了。再没有人在家乡等他回去了。他不知道他以后会不会回去了。又是一杯。

"你怎么样?"他问我。

话在心头但口难开,宛如燕子在屋檐下安了窝,千言万语顶在我嗓子眼这。一股热流突然涌上我的眼睛,一阵刺痛,我觉得我使劲抑制了,但泪水还是止不住地往下流。我仿佛看到弗卢基一路小跑,离我越来越远,最后转过头来看我一次,便消失在了云端。

我一屁股坐在了波比对面的椅子上。

他什么也没说,把酒瓶推到了我前面。

"爱情这回事……"他说。

我只管喝了起来。推进器又开始转了,熟悉的震动又回来了。新一批肥佬住进了飞速打扫妥当的房间。仅仅花了八个小时,游轮从内到外便又焕然一新。

波比站了起来。走廊里,唐纳德押送新的苦役犯来了。我一把拉住了他。

"波比,我有个问题。"

"你说。"

"为什么约翰·库珀这么讨厌我?"

他笑得合不拢嘴。

"因为你总让他回想起以往的自己。"

"啊?没听懂!"

"他三年前刚上船的时候,也是百搭。"

波比出了办公室,去给那些新人训话。

约翰·库珀……你个混蛋,我盯上你了,老子跟你没完!被我逮到了,老子就送你上西天。约翰·库珀,我对你不会手下留情的!我说到做到!

蒙特哥贝[1]

我回到了那无止境的黑暗里，底舱世界一如从前。继续灭蟑螂，继续清洗泳池机器人，继续刮水擦地。三个星期后，那些关于光的记忆又散去了。某种熟悉的感觉蚕食了我的身体，但那不是局促不安。因为心神不宁的时候，你心里有数，你清楚始末缘由，你不会不知所措。比如，要是你女人抛弃了你，你不会束手无策，你知道怎么拯救自己：要不就是破镜重圆，想方设法把人家追回来，要不就另觅新欢，给自己再找个伴。只要你当机立断，行动起来，难过不安就会烟消云散。

这一次却截然不同。那种不安不可捉摸，说不清也道不明；它从哪里来，它为什么出现，你该怎么办，这些都让人百思不解。你只感觉自己身体重了千斤，食也无味……所以，食量大减，人很快就瘦了。而且，一有时间，你就闭上眼睛睡。某些时候，我甚至以为自己患了绝症，病入膏肓。就连波比都有些担心我了，所以他让我去看看"海洋之王"上的医生。

---

[1] Montego Bay，牙买加城市。

*

彼得·汉森是船上的主任医师。秃头、白胡子、船长衬衫,光这身打扮就让人望而生畏。而且,他仿佛一尊大理石雕像,面无表情,不苟言笑,你完全猜不透他在想什么。他要是去赌牌想必天下无敌。

他是位老军医,身经百战:两次伊拉克战争、阿富汗战争、索马里、冲绳岛战役。这家伙用他深邃的蓝眼睛盯着我,我告诉他来找他是因为自己心情低落,我滔滔不绝地说了很多,很久。

我说的他都明白。他没插话,只是有时候,嘴里冒出个"嗯……"。我不知道这个"嗯"是什么意思,我就又解释一番先前说的话,结果在不经意间便说出了许多一分钟之前我都没想到的事,而且句句属实,没有胡言乱语,那些想法说出来就连我自己都很惊讶。

我心里怎么有这种念头?这种念头哪来的?反正我乱七八糟全吐出来了。

听了一晌,他打断我。

"你是不是布兰达和弗卢基那个节目里的那根骨头?"

"嗯嗯。"

"我很喜欢。很有意思。"

"谢谢。"

"你继续说。"

我继续念叨。说起弗卢基,眼泪就在眼眶里打转。我不停地说,和盘托出,仿佛自己面对的是警察,不敢有所隐瞒。整整十五分钟,哎哎不休,一刻不停,仿佛是一个爬到酒吧柜台上不愿意下来的疯子。

最后,医生跟我说:"PTSD。"

"什么?"

"创伤后应激障碍。"

一种抑郁!弗卢基的离开对你而言是晴天霹雳,但责任不在弗卢基,它只是个导火索,就像点莫洛托夫土炸弹的火柴一样,罪魁祸首其实是土炸弹,而不是火柴。医生跟我解释,他能治,以前也看过这样的病人。

某个瞬间,我还以为他还在跟我开玩笑,但他全然一副直言正色的样子。我来往于光和阴影之间,我的身体已经恋上了光,再回到这阴影里来,我崩溃了;弗卢基的离开更是雪上加霜。

抑郁……真的吗?这不是那些守在电视机前边吃甜点边追《大胆而美丽》[1]的宅女才会有的嘛?

"你得换个岗位,你做不了百搭这份工了。"

他说他会帮我。如果我愿意的话,如果我想到了什么岗位的话,他可以帮我申请。当然,我想起了那份管孩子的工作,偏偏那个我又做不来,我根本没什么耐心可言……但除此以外,我也想不到其他工作,所以只能回到底舱里去了。

*

两个星期之后,情况更糟了。一天早上十点的时候,我在海

---

[1] *The Bold and the Beautiful*,1987年开播至今的美国长盛言情肥皂剧。

水淡化室除完水，回到餐厅吃饭，盯着我的托盘……我恍惚到连自己在吃什么都不知道。弗朗西斯·罗比乔德坐在我对面，喋喋不休地说着法语。

每天早上，除完水后，我就能在餐厅享受十五分钟法国文化的熏陶。这家伙见多识广，但夸夸其谈起来真让人头疼……有时候，我都感觉梦回学校在上加缪女士的课了，要不然就是感觉自己跟法布里斯·鲁奇尼[1]坐在一起啃洋葱圈。

今天，在琢磨雨果的诗歌之前，他先讲起了《乌鸦与狐狸》的故事。接着，背一背雷欧·费亥[2]《当时光流逝》的歌词，再一下子跳到那首《诗人，出示证件！》。随后，他又背起一些令人头大的歌词，磕磕巴巴，还充满文字游戏，都是出自一个叫博比·拉波恩特[3]的家伙。他满头大汗地站在我面前，在大庭广众之下高举拳头。我都不知道哪里有地洞可以钻，我干嘛要是个法国人，真是破事多。

问题就是，他津津乐道的那些我他妈一点都不关心！他没错。法国文化也没问题。是我自己，我没那个心力。所以，我起身直接走了，扔下罗比乔德在原地。

我回到医生那。

他说的没错，我接受了他的建议。

他会帮我去申请那份看管孩子的工作。

---

[1] Fabrice Luccini，**法国男演员，多演一些咬文嚼字的角色。**
[2] Léo Ferré(1916—1993)，法国诗人，音乐唱作人。
[3] Boby Lapointe(1922—1972)，**法国唱作人，以**幽默而充满文字游戏的作品著称。

乔治敦[1]

"梦境"是专为孩子们准备的一个活动场所；孩子年纪不同，可选择的娱乐活动也各异。婴儿、小人、不大不小的小人、比较大的小人，只要肥佬想躲会自家孩子，求个清净，就会把他们送过来。

毕竟这是"海洋之王"打出的第二大卖点，仅次于表演和餐饮。"梦境"这地方颇有名气，为了吸引孩子们，公司可是费尽心力。这地方包罗万象，应有尽有。要是亏得"梦境"，孩子父母的二人游戏玩爽了，心情舒畅了，等上了岸，就会在论坛上对公司大夸特夸。这样一来，其他父母也会砸了储蓄罐，来这"海洋之王"上度一次假，逍遥快活一番！这就是市场营销！

为了应付这些孩子，有一整支大军，所谓"未成年人看护队"，按分管年龄段组成分队。

我在彩虹花园工作，那里是七到十岁孩子的天地，由十名员工负责，女的多些，有七个，再加三个男的——同性恋也算上。泰瓦·布朗是里面的头，她来自夏威夷欧胡岛，《夏威夷神探》的取景地，剧里的胡子侦探威风得很，开的居然是法拉利。

---

[1] George Town，英国海外领地开曼群岛首府，位于大开曼岛上。

泰瓦是布兰达的朋友。要是工作太忙事情太多，她就可以多征召一些人手；所以，她把我调过来了，既是为了帮布兰达的忙，也是听了医生的建议。我可绝不能让她失望；要是连一个小胖子都照顾不好，她肯定会让我吃不了兜着走。

彩虹花园，其实就是一个儿童游乐场所。我很多朋友在巴黎也干过类似的活，但不同之处在于：在船上，孩子要什么你都得一一应允，他们和其他乘客一样，是上帝，权力大着呢。

所以，他们提要求的时候，你可得毕恭毕敬，低头颔首，面带微笑！要什么给什么！有求必应。

他们嘴馋想吃甜甜圈了，你就得带他们去"天堂出口"；他们想冲浪了，你就得脱得只剩裤衩，陪他们去冲浪，就算你心里一百个不愿意，就算你根本不会玩这玩意；他们想攀岩了，你就得把那死死扣住你屁股的安全裤套上，穿上跟舞鞋差不多的攀岩鞋，往墙上爬。

你负责哪个孩子，哪个就是你老大。

刚开始，我总感觉别扭。

尤其是他们总是提一些让人头大的要求。比如，化妆……你要帮他们画凯蒂猫，画鱼……最后，终于快下班的时候，他们还得在你脸上给你留点纪念。这可非同小可，毕竟这样才能体现出你跟小朋友亲近，跟他们打成一片。所以，他们在我眼睛上画月亮，我也只能欣然接受，虽然那鬼画符丑得难入眼，但他们喜欢我又能怎么办……

当了好几次画板之后，我才想到逃脱他们魔爪的办法。我告诉他们，比画画好玩的事多了去了，比如说打游戏机。人生极乐，什么都比不上枪战和赛车，没有什么比这更让人快乐的了！

以前在游戏机面前我可是好几个小时都挪不开步。所以,我组织起了比赛,拉上这群孩子一起,这叫拉拢敌方!这样也方便我继续钻研对付他们的新战术。

十几个孩子轮流在沙地上赛车,一个一个来;我要做的,就是让他们保持兴趣,不能只有三分钟热度,这样他们才会乖乖听话。

我告诉他们:"赢的人能得到一个甜甜圈!"

结果,他们的心思全都扑在这上面了……我嘛,花一个甜甜圈就能换来大半天的优哉游哉!等比赛结束了,我就把冠军驮在肩上,鼓动其他孩子一起唱皇后乐队的那首《我们是冠军!》。但凡有值得庆祝的事,这首战歌就必然会响起。有人掷飞碟一骑绝尘,"我们是冠军!";有人编织手艺首屈一指,"我们是冠军!";有人在重症监护室里转危为安,"我们是冠军!"。总而言之,《我们是冠军!》,这歌哪都能插。其实,乐队主唱弗雷迪·默丘里[1]不也是这样,但那就是另一个故事了……

就这样,我赢得了同事们的喜爱,因为我会组织团体活动。而且,孩子们也很自豪,通过这些比赛他们的人气也都旺起来了。人气这东西对孩子的自我构建可是至关重要,尤其对美国佬的孩子来说。

*

跟孩子们在一起的几个月里,我的精神振奋了许多。往事的

---

[1] Freddie Mercury(1946—1991),**摇滚巨星,因艾滋病去世。**

幽灵消散了，我也不再嗜睡。相反，我红光满面，神采奕奕！

活动间隙，我越来越多地想起约翰·库珀，想着想着就大笑起来。我们俩现在终于势均力敌了，我甚至还占了上风，谁让我知道了他羞于启齿的小秘密，他以前可是个百搭。

我没少琢磨能用什么法子来治治他，好灭灭他的威风，奇怪的招数五花八门，就是还没想好哪种更胜一筹。用链子绑住他的双脚再把他扔到水里去，这是美国黑帮老大的作风，但作案手法复杂，况且法律也不让我这么干。把他直接从楼梯上推下去，过于冒险，他会揭发我，然后我会被开除。看来最好就是顺其自然，听老天爷的安排。跟这群孩子待在一起，他不敢对我乱来，毕竟他可不会像攻击弗卢基一般刁难这些孩子。摄像机无处不在，它们就是我的护身符。我心里清楚他现在肯定气急败坏，他知道我想抢走他的位置，打从一开始他就觉得我心存歹念，甚至在我自己都没生出这种想法之前。

哈瓦那[1]

和约翰·库珀的重逢是因为一个小孩：鲁斯蒂（Rusty）。这名字写法和动画片《辛普森一家》里的小丑库斯提（Krusty）差不多。而人如其名，他名字首字母的"R"正好是他神憎鬼厌[2]性格的写照，待人接物毫无温柔善意可言，反而恶意深重，到了心理变态的级别，总之就是个人渣。

他才十岁。父母腰缠万贯，平时也是跟钱打交道，所谓投资。他爸投资公司当股东，个人资产高达六亿美元。当然，这没法跟比尔·盖茨相提并论，但也是家财万贯了。这家伙人还不错，六十多岁，陪在身边的倒是一个比他小二十五岁的娇妻。她也很讨人喜欢，是那种男人一见就"性奋"的墨西哥女人，风情万种。

而如果要找一个词来形容鲁斯蒂的话，我肯定选"撒旦"。撒旦本人！从他踏入彩虹花园的那一刻起，这里就成了烙上他印记的地狱。你知道"狼入羊群"这种说法吗？他就是那头狼！更恐怖的是，这家伙肆无忌惮，无法无天，坏事都跟他脱不了干系。

---

[1] Havana，古巴首都。
[2] 瓦姆通过 R 联想到法语俚语中的 relou——"令人讨厌的"。

小姑娘头发粘上了口香糖？他干的！然后叫我们怎么跟小姑娘的家长解释他们女儿被剃了个阴阳头？法国抵抗组织还在惩治通敌分子？……我开玩笑……我还没告诉你，只要眼前出现个活物，他都会一巴掌甩上去！就是这么蛮横！啪！把你的遥控车给我玩！你竟然不乐意？拿出来啊！我要什么就拿什么！啪！所以，他一走近，其他孩子就会害怕得大叫……至于他，乐在其中。

对成年人，他的蛮横更是有增无减。就连"鲁斯蒂，别这样，这可不好！"这样轻声细语的劝导，他都受不了几句，烦了就先吐舌头，冲你吐唾沫，再给你比个中指。

他就是这样，完全就是一恶魔。一看到他，我就心烦，幸好他不归我看管。要想看住他，可得受点特殊训练，野路子哪够；况且，没人敢去他父母面前多嘴！他爸可是占了这邮轮游公司0.5%的股份，等于是你现在待的这艘船，有0.5%是属于他爸公司的。这可不容小觑。所以，鲁斯蒂可是小王子。在他面前，阿卜杜拉都只能算是小巫见大巫了！你认识阿卜杜拉吗？就是《丁丁历险记》里那个穿长袍的烦人精，没有人不厌恶他的！你要是把阿卜杜拉比作开胃的方块小奶酪，那鲁斯蒂就是一大份的奶酪什锦拼盘，全都是整块整块的圆奶酪！

*

所以约翰·库珀把鲁斯蒂推给我们了，他拿这位小魔王没辙，就把他弄到我们这来了。这也不失为一个好方法。所以，每天早上他送那位小王子过来的时候，我都能碰到他。混蛋配魔王，倒是相得益彰。

约翰·库珀趾高气扬，一直没正眼看过我。我嘛，表面功夫还是要做做的，差点就赶上那些甜言蜜语连妈都卖的无良商贩了！我说，能跟鲁斯蒂在一起真有福气啊，他可真是"活力满满"！

然而，不是不报，时候未到。

第三天，事情急转直下。

这天，撒旦想用一根卷吸管去戳一个小姑娘的眼睛，说是开开玩笑！但小姑娘却不这么觉得，她大喊大叫，生怕自己成了独眼哈洛克船长[1]。小姑娘的反应完全正常！泰瓦·布朗亲自介入调停，如履薄冰。所有的工作人员像阅兵前的士兵一般挺直身子，严阵以待，但却无能为力。大家心里都清楚这位鲁斯蒂是船上的小王子；这意味着，他手里端着所有人的饭碗。

我出手了。鲁斯蒂正蹲在小姑娘身上，我一把抓住他保罗衫的衣领，把他揪了起来……他也不是很重。

"干嘛！"他叫道。

声音里带着几分惊讶。人生第一次，有人敢跟他对着干，这是他的新体验。

"哥们，跟我来！"

我把他拉进杂物间，玩具、塑料泡沫垫、各种东西堆了一屋。小孩子一般不会到那去，所以没装监控。泰瓦·布朗跟过来："瓦姆，你在干嘛？"

"我要给他点教训，这么嚣张也是够了！"

"在美国，我们不打孩子！"

---

[1] 日本漫画《宇宙海贼哈洛克船长》主人公。

"我才不管，我是法国人。"

我把这位小继承人推进储物间，关上门，得给他点颜色看看。往死里揍！他这次是吃不了兜着走了，自打我在船上工作起受的那些气，都要如数奉还在他身上。我鼓足劲猛揍他的屁股，只觉得所有那些愤懑和不堪都不可思议地从我的指尖释放出来。舒坦了，真的舒坦了……

惨叫声，我听不见；"我讨厌你"，"我会告诉我爸的"，我听不见。只管装聋作哑，埋头一顿痛扁。就算要被赶下船，我也不在乎了；我只想发泄出来，有时候人就是会这样不顾一切……

我住手了。手隐隐作痛。鲁斯蒂直挺挺地躺在一块巨大的泡沫垫里，垫子死死地裹住他，如同"城堡探险"节目里的管道一般缚住了他的四肢。他不再嚎叫了，只发出抽抽嗒嗒的哭声。泰瓦·布朗进来。她没敢看我的脸，感觉她对我又敬又怕。

"刚刚发生的事，我什么也没看见！"

爷也不在乎了……这家伙死里逃生，她赶紧把他带走了。他满脸通红，鼻涕虫爬在嘴边，看着像是蓄起了八字胡，现如今失魂落魄的样子倒像极了难民。泰瓦让他坐在凳子上，给了他一杯水。他一声不吭地坐到傍晚。约翰·库珀六点来接他的时候立马就察觉到鲁斯蒂有点不对劲。通常见面时，鲁斯蒂用来迎接他的都是飞镖、球、鞋……总之，所有能精准投向大脸盘的东西。但这次，他老老实实。

他一直呆坐在凳子上，自己握着自己的手，老态尽显，坐在养老院前长椅上的孤寡老人便是这副模样。

"怎么了？"他问。

他看了看我，我回敬了一个微笑。

"你对这孩子做了什么?"

"我暴揍了他一顿。"

"什么?"

约翰·库珀听明白了,那副奸诈嘴脸写满了得意;对他而言,我这无异就是签了死刑书。但爷不在乎。

"你被炒了!懂了没?现在!现在就跟我走!"他拍着手说。

基韦斯特[1]

这事闹到"奇妙巡游"的办公室去了。鲍勃,公司的董事长,暴跳如雷。鲁斯蒂的父亲直接给他打了电话,他们俩想必是哥们。他爸气急败坏,他儿子竟然被人揍了!他怎么会投资这种自己员工都管不住的公司?况且,邮轮生意还做不做了?要是这消息在论坛上传播开来,公司名声便毁于一旦了,市值也只能一跌再跌了。不过,幸好罪魁祸首是鲁斯蒂……

总之,船上肯定是免不了一番裁员的。

第二天便开始了,所谓雷厉风行的美国作风。

过道里此起彼伏的呼声都是"让他滚蛋!让他滚蛋!"。

在船上不常听到由董事长直接下发的指令,那还是第一次,似乎都带了点举国轰动的意味。大家等着看记者坐着采访车涌过来。但其实,那消息还没传出"海洋之王"就被封锁了。

约翰·库珀就这样被撵走了。

没错……就是约翰·库珀。

谁叫他是这场危机的始作俑者呢。想兴风作浪,只能是作茧自缚,自食其果。他干嘛非要把鲁斯蒂被揍的事捅到他爸那去?

---

[1] Key West,美国最南端的城市,位于佛罗里达西南墨西哥湾的同名小岛上。

一想到我抢了他的工作，他做起事来都不管不顾了！那小孩其实什么都没准备说，一句都不打算提。那顿暴揍，他自己消化了，甚至都明白了自己确实该打。他又不是愚迷不悟的烂泥！撒旦虽坏，但倒不傻。

但约翰·库珀这王八蛋竟跑去向他爸打小报告。他爸火冒三丈，把气都撒在约翰·库珀身上了。他把儿子交给他，结果他还想脱了干系？他得确保他儿子的安全才是！结果倒让他陷入危险之中！约翰·库珀被问得哑口无言。

为了把火力重新转嫁到我身上，库珀去向鲁斯蒂施压，让他去告我的状，不想唯独自己被这桩事牵连。但鲁斯蒂竟然给我打掩护，这可是给库珀的一记重拳！直击要害！

这家伙，撒了一个大谎，别忘了他还是撒旦。他跟他爸妈说对他拳打脚踢的是约翰·库珀，他没揭穿我。那家伙甚至还说我"他人很好！"。我，心地善良！你信吗？

但他爸就信了……尤其是他打听了我在船上的名声之后，他深信不疑。我以前的那些轶事，逗笑抑郁症小孩、水中救起弗卢基、当酒吧舞者的和事佬，他都有所耳闻。在他眼里，我简直是这豪华邮轮上的库斯托：不仅善于交际，而且胆量过人，这公司能招到我，简直是捞到了宝。

倒是约翰·库珀，只会吹牛糊弄人。

再没有人见过他了。

就这样我成了高级客舱的乘务员。鲁斯蒂想要我顶替约翰·库珀的职位，他爸就只能答应了。

两个星期之内，我就把撒旦驯得服服帖帖了，他成了一只温顺的小绵羊，而我甚至成了他最好的朋友。就连他爸妈都察觉到他比以前更温和友善了，也远没之前任性妄为了。对他们而言，我简直是个神。所以，即便他们下船后，我还是稳居高级乘务员的位置，毕竟这可是鲁斯蒂他爸的命令！

*

我可是这世上最有名望的乘务员！

无可比拟！

我已经为那些贵宾服务了四个月了。这差事劳少酬多，收入源源不断，就是一座金矿。他们说什么，你就听着；他们让你做什么，你就做。说两句，"好的，先生！"，"您今天早上好吗？"，他们就心满意足了，结果光是靠小费你就能赚得盆满钵满。

现在，人员轮班的时候，我会下到码头上去。以往的羞愧之情一扫而光。我现在可是西装革履、一表人才了。那些女人都对我一见倾心，就连我刚来那天接待处那个女文员都对我另眼相看，就是她把我推到了地狱里。后来我给她送去了花，她倒是吃了一惊……

*

现在去餐厅的时候，所有人都会悄悄盯着我，把目光集中在我身上。我拿着托盘走过大厅的时候，便是如此。我停下来，看看菜，拿点水果和水，再加一小块奶酪，这些就够了。自从我开始为阔佬服务，我就换了口味……

吃饭的时候，我又想起了从前……那时候和我坐在一起的那些人，现在都不敢正眼看我，那些朋友都是劳苦命。

但我并不怀念那些日子。即便你站在金字塔顶端的时候非常孤独。

因为所有站在顶端的人都是如此。看看奥朗德……没有人敢跟他说话！麦莉·赛勒斯也是这样！这就是为什么她到处招摇，时刻准备着跟人在台上风流一把！她只是在等着人把她从孤独里拉出来！

而我，并不惧怕孤独，甚至乐在其中。所以，我能长时间自己一个人待着不说话。我在脑子里讲故事给自己听。我忙着呢，忙着自己一个人对抗世界。没人敢跟我说话？我根本不放在心上。

没有人……除了这个朝我走来的家伙。他穿了一套连体工装，径直走到我的桌边，没有半分犹豫。

"你好！我是安杰洛！"

我从下往上打量他，那眼神像是准备暗中作梗，好搅黄一笔生意。我一声不吭，低头继续削我的苹果，有模有样地复刻电影里丹尼尔·戴-刘易斯切排骨时的一举一动。我故意把他晾在一边就是为了考验他，仿佛他不存在一般，我继续做自己的事。

我隐隐感觉到他对我的怒气："王八蛋，我在跟你说话！你耳朵聋了吗？想活命，就赶紧跪在爷面前！平白无故，你干嘛这么羞辱我？"我四处张望，唯独避开他的视线。我咬了一大块苹果，嚼啊嚼，慢慢嚼……等嘴巴里空了，再看看他，假装刚刚想起他在这。

"我认识你吗？"

"不认识，我是百搭。"

他转过身去,背上"百搭"二字赫然在目。

"祝你好运!"我起身的时候跟他说。

我准备走了。走了两步,停了下来。我知道,有一天,他也会抢走我现在拥有的这些……我转过头去,不怀好意地看着他。他肯定纳闷我怎么认识他,毕竟你可不会这么杀气腾腾地盯着一个陌生人。

"我要是你,就换个工作。"

事实上,他确实也该听我的意见。

法语版
编者后记

斯里曼·卡德尔于2011年出版了他的第一部长篇小说《瓦姆》。这本书讲述了郊区一群年轻人一天晚上闯入巴黎发生的故事。小说在地点和时间上保持一致,故事发生在一天之内,地点聚焦在巴黎。语句令人拍案叫绝,对话活灵活现,富有韵律感,可谓是马丁·斯科塞斯《下班后》的巴黎93省版。书刚付梓,便马上被一位电影制作人和一家专门做口袋书的出版社买下版权。相比之下,文学评论家们显得更为谨慎。需要指出,新书发行的时候,斯里曼·卡德尔并未露面,他也不肯提供正脸照片用于宣传推广。这便足以让评论家们疑心大起;万一这是本伪作呢?万一这是出版商精心设计的营销骗局呢?这位出版商原本就颇为可疑,毕竟法伊萨·盖内[1]那本所谓主打"郊区"的畅销书《拥抱明天》就是他出的。

事实就是,我经由一位已签约的作家迈克尔·塞班

---

[1] Faïza Guène,法国八零后畅销书女作家,19岁出版了第一本小说《拥抱明天》,被译成二十六种语言,全球销售四十万册。但其实这本小说主题是青春期,并非"郊区"。

(Michael Sebban),拿到了《瓦姆》的手稿。这位作家则是通过塞纳-圣但尼省的一位女教师拿到的,而女教师又是从一位朋友那里拿到的,至于这位朋友……总之,一本叫《瓦姆》的书就这么出现在了我的办公桌上,附着署名为斯里曼·卡德尔的邮箱。我读过之后,很喜欢,就给斯里曼·卡德尔发邮件说有意出版。他只回了一句"OK",就消失了,说自己去加勒比海的豪华邮轮上洗碗了。我本来想去挖一挖这位斯里曼·卡德尔是什么来历,但没人见过他。某次邮轮中途停靠的时候,他给我打来电话,说让我把合同寄到法国某处的邮箱里,他年底过节的时候会签。后来,我收到了签完的合同以及斯里曼的一通来电,因为急需用钱,所以他让我给他寄一张支票。随后,他又消失了,每隔两个月才回一次我的邮件,因为他两个月才能下一次船。有时候,他也给我打电话。某次通话的时候,我建议他看看杰克·伦敦的《马丁·伊登》。等轮船下一次停靠的时候,他跟我说:"我很喜欢。"后来,《瓦姆》这本书就在2011年文学回归季出版了,我什么难听的话都听到了:"郊区人不这么写文章""你确定你不是被耍了?""他要是真在豪华邮轮上洗碗,他才不会这么写"……但我没跟斯里曼提半句,他也没把出书这事告诉同一条船上的难友。你告诉大家你在邮轮底舱干活的时候写出了一本书,只被别人当成是在胡说八道都算好的了。但是,偏偏有位记者立刻敏锐地察觉到这位作者确实存在，并且值得深挖和研究。这位记者就是《巴黎人报》的埃里克·比罗(Éric Bureau)。他是唯一一个跟斯里曼·卡德尔亲口交谈过的记者，当时斯里曼在劳德代尔堡的一个露天电话桩给这位记者打了个电话。

至于我，我第一次见到斯里曼则是在罗贝尔·拉丰出版社的办公室里。我们聚在一起，和制片人以及编剧讨论关于《瓦姆》电影版的改编问题。他第二天就去了迈阿密，再次出海。当时我跟他说希望他下一本书可以讲一下海上生活，而且建议他平时多做记录，他回答说"OK"。之后中途停靠的时候，他跟我抱怨说自己根本没法写：活堆成山，每天都心力交瘁，生活混乱不堪。但他说他会写一本书来记录这段生活。这段望不到海的生活，跟两千名来自世界各地的苦命劳工挤在一起，印度人、中国人、巴基斯坦人、菲律宾人、北非阿拉伯人，他们卑微求存，埋头苦干，任劳任怨，尽力满足上层游客天花乱坠的需求，却被视同蝼蚁，被人随意对待。从来没有人描述过这种生活，因为这座巴别塔里的囚犯没能力也没心力来做这件事。

斯里曼·卡德尔的想法与《死人船》的作者特拉文一脉相承，这也是本书的独到之处。这本书不仅所写非虚，而且是作者亲身经历并且继续经历着的生活。此外，这本书在写作方面也炉火纯青，这么成功的文本出版社不常收到。

而且，也少有作者在经历这些之后选择以笑面对，但斯里曼·卡德尔就是这么做的。有可能是因为他在93省长大，对恶言恶语早已习以为常；也有可能是在海上度过了一个又一个星期却连海都见不到本就无比荒唐……

这不是一本故作正经的书，但却应该被认真对待，因为在此书中，资本主义社会藏起来的不堪昭然若揭。那个世界，我们看不到，通常不可能诞生文学，但却深刻反映出了我们所在世界的真相。

纪尧姆·阿拉里

> **图书在版编目（CIP）数据**
>
> 海下囚途：豪华邮轮底舱打工记 /(法) 斯里曼·卡德尔著; 陈梦译
> . -- 上海：上海文艺出版社，2023
> （亲历）
> ISBN 978-7-5321-8637-2
> Ⅰ.①海… Ⅱ.①斯… ②陈… Ⅲ.①纪实文学－法国－现代 Ⅳ.①I565.55
> 中国版本图书馆CIP数据核字(2023)第027448号

SLIMANE KADER
Avec vue sous la mer
Copyright © Allary Editions 2014
Published by special arrangement with Allary Editions in conjunction with their duly appointed agent 2 Seas Literary Agency and co-agent The Artemis Agency
Simplified Chinese edition copyright © 2023 Shanghai Literature & Art Publishing House
All rights reserved.
著作权合同登记图字：09-2020-924

发 行 人：毕　胜
责任编辑：赵一凡
封面设计：朱云雁

书　　名：海下囚途：豪华邮轮底舱打工记
作　　者：[法]斯里曼·卡德尔
译　　者：陈　梦
出　　版：上海世纪出版集团　　上海文艺出版社
地　　址：上海市闵行区号景路159弄A座2楼 201101
发　　行：上海文艺出版社发行中心
　　　　　上海市闵行区号景路159弄A座2楼206室 201101 www.ewen.co
印　　刷：浙江中恒世纪印务有限公司
开　　本：889×1194　1/32
印　　张：6.625
插　　页：3
字　　数：100,000
印　　次：2023年4月第1版 2023年4月第1次印刷
Ｉ Ｓ Ｂ Ｎ：978-7-5321-8637-2/I.6802
定　　价：56.00元
告 读 者：如发现本书有质量问题请与印刷厂质量科联系　T:0571-88855633

亲历

萤火虫的勇气
我在儿科重症当心理师

海下囚途
豪华邮轮底舱打工记

殡葬师札记(待出)

妈妈要来我打工店(待出)